U0133231

体育运动竞赛丛书

羽毛球竞赛裁判手册

郁鸿骏　戴金彪　编著

人民体育出版社

作者的话

羽毛球在我国一直是开展较为广泛的体育项目,羽毛球活动因其简便易行、竞技性和娱乐性较强、锻炼价值较高而受到广大群众的喜爱。在此基础上,我国的羽毛球运动也达到了较高的水平,在各种世界性比赛中屡屡夺冠。

为了更好地推动这项运动的发展,满足各种层次竞赛的需要,我们编写了这本《羽毛球竞赛裁判手册》,希望对竞赛组织者、裁判人员和羽毛球爱好者有所帮助。为了方便使用,本书附有1999 年国际羽联颁布的《羽毛球竞赛规则》。

本书裁判员手势示范者为作者之一戴金彪。

郁鸿骏、戴金彪

1999 年 12 月

郁鸿骏:上海体育学院副教授

国际羽毛球联合会裁判长

中国羽毛球协会竞赛规则裁判委员会副主任

1978 年晋升为羽毛球国家级裁判员,多次担任全国性羽毛球比赛的裁判长和裁判员工作。

1985 年经考试,晋升为国际羽联 A 级裁判员,曾 7 次担任羽毛球汤姆斯杯、尤伯杯和 1992 年巴塞罗那奥运会羽毛球比赛的裁判员。

1995 年通过国际羽联裁判长培训班考试,并被列入国际羽联裁判长名单,曾担任1996 年亚洲杯、1997 年世界杯、1997 和 1998 年香港羽毛球公开赛、1998 年汤姆斯杯和尤伯杯的裁判长和副裁判长之职。

戴金彪:上海体育学院副教授

中国羽毛球培训中心副主任

中国羽毛球协会科研委员会副主任

1986 年晋升为羽毛球国家级裁判员

目　录

6

一、羽毛球运动简介

(一)羽毛球运动的起源与发展

羽毛球运动是由古代的毽球游戏逐渐演变而来的，这在我国和其他亚洲、欧洲国家都有记载。据现有的资料表明，现代羽毛球运动起源于印度，形成于英国。19世纪60年代，一批退役的英国军官把印度的"普那"———一种近似于后来的羽毛球运动的游戏带回英国，并加以改进，逐渐成为现代的羽毛球运动。1870年，英国出现了用羽毛、软木做的球和穿弦的球拍。1873年，英国公爵鲍弗特在格拉斯哥郡的伯明顿庄园里进行了一次羽毛球游戏，这是世界上第一次羽毛球比赛。"伯明顿"(Badminton)也就此作为羽毛球的英文名称。1893年英国创立了羽毛球协会。1899年举行了第1届全英羽毛球锦标赛。此后羽毛球运动从欧洲传到美洲、大洋洲、亚洲和非洲。1934年国际羽毛球联合会成立，并通过了第一本羽毛球竞赛规则。目前国际羽联共有会员国135个，它是国际奥林匹克运动委员会下属的一个单项体育运动组织。从1992年起羽毛球运动被列为夏季奥运会的正式比赛项目。

(二)世界羽毛球主要赛事

当前，世界上各类羽毛球赛事频繁，其中主要的赛事有下列8种：

1. 汤姆斯杯(Thomas Cup)世界羽毛球男子团体赛

1934 年,国际羽联第一任主席汤姆斯爵士,捐资 3000 英镑制作了一座高 70 厘米的奖杯供世界羽毛球男子团体赛用,因受第二次世界大战影响,直至 1948 年才举行了第 1 届比赛,以后每三年举行一次,每场团体赛由五场单打四场双打组成,九场比赛分两天进行。

从 1984 年起该项赛事改为每逢双数年举行,并由九场制改为五场(三场单打、两场双打)制,在一节时间里打完。

每逢比赛年的二月份,在两或三个赛区举行预赛产生 6 个队进入决赛,上届冠军队和东道主队直接进入决赛,如果东道主即是上届的冠军,那么预赛就要产生 7 个队进入决赛。决赛在五月举行,参加决赛的 8 个队分为 A、B 两个组进行循环赛,排出小组的 1~4 名;然后由 A 组第 1 名对 B 组第 2 名,B 组第 1 名对 A 组第 2 名进行半决赛;两个半决赛的胜者再进行最后的决赛。

在迄今为止举行过的 19 次汤姆斯杯赛,马来西亚获第 1、2、3、7 和 17 届共 5 次冠军,印度尼西亚获第 4、5、6、8、9、10、11、13、18、19 和 20 届共 11 次冠军,中国曾获第 12、14、15 和 16 届的冠军。而欧洲只有丹麦曾获得过两次亚军

2. 尤伯杯(Uber Cup)世界羽毛球女子团体赛

由世界著名女子羽毛球运动员尤伯夫人捐赠的奖杯,供世界羽毛球女子团体赛用。

1956 年举行了第 1 届比赛,每场团体赛由三场单打和四场双打组成。从 1984 年第 10 届比赛开始与汤姆斯杯同时、同地举行,比赛方法也相同。

在尤伯杯赛的历史上,美国连续获得了第 1、2、3 届冠军,接着日本获得了第 4、5、6 以及第 8、9 届的冠军,第 7 届的冠军为印尼所得。中国自 1984 年开始参加尤伯杯赛,一连获得了第 10、11、

12、13 和 14 届的冠军,成为尤伯杯史上第一个五连冠。此后印尼夺得了第 15 和 16 届的冠军。1998 年中国再次获得尤伯杯的冠军。

3. 苏迪曼杯(Sudirman Cup)世界羽毛球男女混合团体赛

1989 年在印度尼西亚举行了第 1 届苏迪曼杯比赛,此杯是印尼羽协捐赠给国际羽联的以苏迪曼命名的奖杯。苏迪曼是印尼羽协创始人,担任印尼羽协主席达 22 年,并长期担任国际羽联理事和副主席。

苏迪曼杯赛每逢单数年与世界羽毛球锦标赛同时、同地举行,每场团体赛由男单、女单、男双、女双和男女混合双打共五场组成。

首届冠军为印尼所得,第 2、3 届冠军是韩国,1995 年、1997 年及 1999 年中国获得冠军。

4. 世界羽毛球锦标赛(World Badminton Championships)单项比赛

1977 年,在瑞典的马尔摩举行了首届比赛,1980 年、1983 年和 1985 年举行了第 2、第 3 和第 4 届比赛,从 1987 年起每逢单数年与苏迪曼杯赛同时、同地举行。

每个会员国每个项目报名不超过 4 名(对),但在世界排名前 16 位的不受此限制。每项比赛均采用单淘汰制,不设附加赛,决出冠亚军,半决赛的负者并列第 3 名。

在已举行过的比赛中,亚洲选手成绩突出,取得了大部分的冠军,特别是 1987 年第 5 届比赛,中国选手夺得全部五项冠军。欧洲的运动员则在双打项目上表现稍好。

5. 世界杯赛(World Cup)单项比赛

首届比赛于 1981 年在马来西亚的吉隆坡举行,当时仅设男女单打两个项目,冠军为印度的普拉卡什和中国的陈瑞珠。以后每年举行一次,自 1983 年起增设为 5 个项目。

参加比赛的选手由国际羽联和竞赛组委会根据世界排名邀请,实际是一项世界精英赛,参赛人数为:男单 16 名、女单 12 名、男双 8 对、女双 6 对、混双 6 对。比赛第一阶段,单打各分四组、双打各分两组进行单循环赛,然后由单打小组第 1 名、双打小组第1、2 名进入半决赛。

6. 世界羽毛球大奖总决赛 (World Grand Prix Finals) 单项比赛

国际羽联每年组织羽毛球世界大奖系列赛,由赞助商提供比赛经费和优胜者的奖金,根据奖金的数量,比赛分为一星级至六星级不同的等级。全英锦标赛和中国公开赛等都属系列赛中的一站。国际羽联依据参赛选手的成绩,设立积分制,定期公布世界大奖赛积分排名,既作为每次比赛的种子依据,又在每年年末或下一年初,取排名最前的男子单打前 16 名、女子单打前 12 名各分成 4 个组进行单循环赛,小组的第 1 名进入半决赛和决赛;双打项目各取前 8 对选手,各分成两个小组进行单循环赛,各小组的第 1、2 对进入半决赛和决赛。

该项比赛的设立,给世界羽毛球选手提供了更多比赛和获奖机会,从一个方面刺激了羽毛球运动的发展,同时也为羽毛球职业化选手的产生提供了一定的条件。

7. 世界青少年羽毛球锦标赛 (World Junior Championships)

从 1992 年起国际羽联开始举办世界青少年羽毛球锦标赛,比赛设 5 个单项,参赛者的年龄规定为 19 岁以下。从 1998 年增设世界青少年团体羽毛球锦标赛,比赛规程与苏迪曼杯赛相同。

以上比赛均为国际羽联主办的世界性比赛。

8. 奥林匹克运动会羽毛球比赛(Olympic Games)

由于羽毛球运动在世界上广泛开展,影响越来越大,国际奥林匹克运动委员会从 1992 年巴塞罗那第 25 届奥运会起,将羽毛球运动列为奥运会的正式比赛项目。设男单、女单、男双、女双四枚金牌,1996 年亚特兰大奥运会又增设男女混合双打。

从每届奥运会前约一年多的时间起为奥运会羽毛球赛积分年度 (2000 年悉尼奥运会羽毛球资格赛时间是从 1999 年 5 月 1 日到 2000 年 4 月 30 日),由国际羽联认定哪些比赛为奥运会的资格赛,运动员在这些比赛中的积分为有效分值,最后依据排名决定参加本届奥运会的人选。在决定参加人选时,除了排名外还考虑选手的地区分布,即让各洲和东道国一定有选手参赛,并限制同一国家在一个项目中有太多的选手。

1992 年巴塞罗那奥运会上,印尼的魏仁芳和王莲香分别获得男单和女单金牌,韩国的朴柱奉/金文秀和黄惠英/郑素英分别获得男双和女双的金牌。1996 年,女双运动员葛菲/顾俊在亚特兰大为我国夺得首枚奥运会羽毛球金牌。

(三)我国羽毛球主要赛事

1953 年 5 月 2 日在天津举行了全国篮球、排球、网球、羽毛球四项球类运动大会,羽毛球作为表演项目,这是新中国成立后的第一次羽毛球比赛。随着羽毛球运动在我国的开展,羽毛球的竞赛也逐渐趋于完善和系统,目前我国主要的常规羽毛球比赛有如下几项:

1. 全国羽毛球锦标赛

每年举行一次,比赛设男子团体、女子团体、男子单打、女子单打、男子双打、女子双打和男女混合双打 7 个项目。

2. 全国青年羽毛球锦标赛

每年举行一次,比赛设男子团体、女子团体、男子单打、女子单打、男子双打和女子双打,均分甲乙两个年龄组进行,男女混合双打不分年龄组。甲组年龄是 19～20 岁, 乙组年龄女子是 16～18 岁、男子是 17～18 岁。

3. 全国少年羽毛球锦标赛

每年举行一次,只进行男女的单打和双打项目。女子分 12 岁、13 岁、14 岁和 15 岁四个年龄组进行比赛,男子分 13 岁、14 岁、15 岁和 16 岁两个年龄组进行比赛。

4. 全国羽毛球双打比赛

每年举行一次,比赛设混合双打、男子双打和女子双打 3 个项目。

5. 全运会、全国城市运动会等全国性综合运动会羽毛球比赛

综合运动会的羽毛球比赛也极受重视,从 1959 年第 1 届全国运动会起就将羽毛球列为全运会的正式比赛项目,设有团体赛和 5 个单项比赛。

除上述各种专业性比赛,随着羽毛球运动的开展,其他多种形式的羽毛球比赛也相继出现。如:我国顶尖高手间的“天王挑战赛”,业余爱好者的全民健身羽毛球比赛,各系统行业的羽毛球比赛,全国老年人羽毛球分年龄赛,以及残疾人羽毛球比赛等。使我国的羽毛球竞赛活动更加丰富多彩。

二、羽毛球竞赛项目和竞赛方法

(一)羽毛球竞赛项目

羽毛球运动的竞赛项目可分为单项赛和团体赛两大类。在一次比赛中还可以年龄分项目组、以专业和业余分项目组。

1. 羽毛球单项赛项目

单项赛包括男子单打、女子单打、男子双打、女子双打和混合双打5个项目。

2. 羽毛球团体赛项目

团体赛有男子团体、女子团体和男女混合团体3个项目。一场羽毛球团体赛由数场比赛组成,常用的比赛赛制有以下几种:

(1)三场制:每场团体赛由两场单打和一场双打组成,比赛场序可以是单、单、双,或者是单、双、单。每队每名运动员在一场团体赛中只能出场一次单打,双打的运动员可以由单打运动员兼项,也可以规定必须由其他运动员出场。三场制的团体比赛一般是在基层比赛中采用,因为要求每队的人数较少,容易吸引较多的队参加。有时为了避免一个队只依靠一名技术水平高的运动员即可得到好的名次,竞赛主办者可以在竞赛规程中规定,在一场团体赛中一名运动员只能出场一次,即打了单打不能打双打、打了双打不能打单打。

(2)五场制:羽毛球团体赛最常采用的是五场制。每场团体赛由三场单打和两场双打组成,比赛的场序可以有许多变化,一般的次序是:单、单、单、双、双;单、双、单、双、单;单、单、双、双、单。汤姆斯杯和尤伯杯比赛以及我国全国羽毛球团体赛都是采用五场制的比赛,但是在汤姆斯杯和尤伯杯的预赛阶段首选的比赛次序是先进行三场单打再进行两场双打,而在决赛阶段首选的比赛次序变为单、双、单、双、单。具体的比赛次序还要视运动员单打和双打的兼项情况而定。男女混合团体赛,如世界男女混合团体赛苏迪曼杯赛,是由两场单打(男子单打和女子单打)及三场双打(男子双打、女子双打和混合双打)组成,它的比赛次序是由裁判长根据比赛双方出场运动员兼项的情况来决定的。

(3)多场对抗赛:在一次性的双边比赛时经常采用由若干场比赛组成的对抗赛,如友好访问比赛、交流比赛等。也有根据特殊需要而制定的比赛场数,如每年一次的全国羽毛球团体锦标赛对抗赛,每场团体赛就由 9 场比赛组成。

3. 团体赛运动员出场名单确定的方法

每场团体赛由谁出场,由谁出场打哪一场,对手将是谁,这些都会关系到比赛的胜负,所以在竞赛规程中一定要明确规定运动员的出场方法。一般来说有两种方法:

第一种方法是按技术水平顺序出场,即各队报名时,应将所有报名运动员按单打技术水平顺序填写,并根据规程要求按技术水平顺序填写一定数目的双打配对组合。在赛前交换出场名单时,只能按照报名后并为裁判长确认的技术水平顺序填写,不能颠倒。在国际比赛时按世界羽毛球技术水平顺序排名表确定。全国比赛时按我国羽毛球技术水平顺序排名表确定。其他比赛可以由竞赛组委会或裁判长参照以往的比赛成绩确认各队的技术水平顺序,在领队会上公布后执行。

第二种方法是不按技术水平顺序的随意排序:在每场团体赛前交换出场名单时,各队可以不受技术水平顺序约束,随意填写出场运动员。采用这种方法比赛,往往容易出现与参赛队实力不相当的比赛结果,故专业队一般不采用,而多适用于一般群众性的比赛。但在某种特定场合,也有其可行性。

4. 比赛胜负的计算单位

回合:从一次发球开始,经过双方来回对击到球成死球止,为一个回合。

得分:发球方胜一个回合,就得一分并继续发球。

局:女子单打以一方先得 11 分为胜一局,男子单打和所有双打项目都是以一方先得 15 分为胜一局。

场:所有项目都采用三局两胜制,即某方连胜两局,或双方各胜一局后,某方再胜了决胜局,称为胜一场,即获得双方间比赛的最终胜利。

(二)羽毛球竞赛方法

1. 单循环制

参加比赛的队(人)相互之间按程序轮流比赛一次称为单循环赛。其特点是所有参加比赛的队(人)相互之间都要比赛一次,参赛的队比赛机会多,机会均等。但一次比赛所需的场地多、比赛时间长,如果参赛的队(人)数较多时,就要分组、分阶段进行比赛。

(1)比赛次序的确定

羽毛球比赛的单循环制,比赛次序采用的是"1"号位固定的逆时针轮转法。以 4 个队为例:

第一轮	第二轮	第三轮
1—4	1—3	1—2
2—3	4—2	3—4

如果参赛队数是单数,则末位加"0",遇"0"的队,该轮轮空。以 5 个队为例:

第一轮	第二轮	第三轮	第四轮	第五轮
1—0	1—5	1—4	1—3	1—2
2—5	0—4	5—3	4—2	3—0
3—4	2—3	0—2	5—0	4—5

但当在一组循环赛中有两人(对)来自同一个队时,比赛的次序就应作适当的改变,按国际羽联的办法是同队的运动员必须最先相遇进行比赛,以避免同队的运动员在比赛中故意输球而造成不公平的情况出现。

(2)比赛轮数的计算方法

参赛人(队)数为双数时,轮数 = 参赛人(队)数 – 1。

如:有 6 个队进行单循环赛,轮数为 6 – 1 = 5 轮。即 6 个队进行单循环赛,共要进行五轮比赛。

参赛人(队)数为单数时,轮数 = 参赛人(队)数。

如:有 5 个队进行单循环赛,共要进行五轮比赛。

(3)比赛场数的计算方法

$$比赛场数 = \frac{参赛人或队数 \times (参赛人或队数 - 1)}{2}$$

例如:有 6 个队进行单循环赛,共要进行的比赛场数是

$$\frac{6 \times (6 - 1)}{2} = 15 \text{ 场}$$

或:比赛场数 = 每轮的比赛场数 × 轮数

6 个队每轮有 3 场比赛,共需进行 5 轮比赛

比赛总场数 = 3 场 × 5 = 15 场

(4)循环赛比赛名次的确定

循环赛的比赛名次应以下列方法依次确定:

●以胜次多少排列,胜次多者列前。

●两者胜次相同的,两者间比赛的胜者名次列前。

●三者(或三者以上)胜次相同,则依次以他们在本阶段(组)内全部比赛的净胜场、局、分来决定名次,只要在出现有两者净胜场(局、分)相同时,即以他们两者之间的胜负决定名次。

●如果三者（或三者以上）净胜分也相等时，则以抽签方法决定名次的排列。

下表为某次五场制团体赛的循环赛成绩表

第二组	青联队	南华队	机电队	航道局	胜次	备注	名次
青联队	※	3:2	2:3	2:3	1	净胜—1场	2
南华队	2:3	※	3:2	2:3	1	净胜—1场	3
机电队	3:2	2:3	※	0:5	1	净胜—5场	4
航道局	3:2	3:2	5:0	※	3		1

说明：虽然青联队与南华队胜次相同，但青联队胜南华队，所以青联队名次列前。

2. 单淘汰制

单淘汰制的比赛特点是在时间短、场地少的情况下能接纳较多的参赛者，但比赛的机会不很均等，除了第1名外，其他的名次有时带有一些偶然性。

（1）比赛次序的确定

参加比赛的人（对）按2的乘方数（4、8、16、32……）成对地进行比赛，胜者进入下一轮，负者淘汰，直至最后一名胜者。每次当比赛的轮次进行到还剩8名（对）运动员进行争夺进入前4名的比赛称四分之一决赛，当还剩4名（对）运动员争夺进入前两名的比赛称半决赛，最后争夺冠军的比赛就是决赛了。半决赛的两名（对）负者并列第3名。四分之一决赛的4名（对）负者并列第5名，如果增加附加赛就可以决出第2名以后的名次。

（2）轮空

参赛人数正好等于2的乘方数，第一轮比赛就不会产生轮空。如果参赛的人数不是2的乘方数，则第一轮比赛将有轮空。正常情况下轮空位置只能出现在第一轮的比赛时（第一轮比赛有弃权，在第二轮出现的轮空除外）。

（3）轮空数

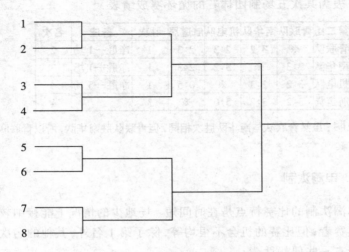

四分之一决赛　　　半决赛　　　决赛

轮空数是比参赛人数大一级的 2 的乘方数减去参赛人数。例如：有 23 人进行单淘汰赛，第一轮的轮空数是 32 − 23 ＝9 个轮空。

(4)轮空位置

轮空位置应平均地分布在上、下半区，或者 1/4 区、1/8 区，轮空数为单数时上半区多一个轮空。上半区的轮空位置应在 1/4 区、1/8 区的顶部；下半区的轮空位置应在 1/4 区、1/8 区的底部。具体见羽毛球竞赛规则种子及轮空位置图。

(5)单淘汰赛比赛次序表的制作

羽毛球单淘汰赛的比赛次序表，只需列出实际参赛人数即可，因为有时轮空位置较多的话就不必将轮空位置都一一画上。根据规则中轮空位置分布的规律，可以采用简易方法画出羽毛球单淘汰赛比赛次序表。其步骤是：

●从上到下写下全部实际参赛人(对)数的序号。

●分上、下半区：将写下的序号上下平分，如果是单数，上半区少一个。在上、下半区间画一条横线作为记号。

●分1/4区：首先将上半区平分为第一1/4区和第二1/4区，如果是单数，第一1/4区少一个。再将下半区平分为第三1/4区和第四1/4区，如果是单数，第四1/4区少一个。在每两个1/4区间都画一横线作个记号。

●分1/8区：首先将第一1/4区分为第一1/8区和第二1/8区，如果是单数，第一1/8区少一个；将第二1/4区分为第三1/8区和第四1/8区，如果是单数，第三1/8区少一个；将第三1/4区分为第五1/8和第六1/8区，如果是单数，第六1/8区少一个；将第四1/4区分为第七1/8区和第八1/8区，如果是单数，第八1/8区少一个。在每一1/8区间也画一横线作为记号。

从上不难看出，在分区时，凡在上半区的都是靠上的少一个，即轮空位置在该区的顶部，凡是在下半区的都是靠下的少一个，即轮空位置在该区的底部。然后按照该项比赛原先1/8应该有的位置数减去现在的位置数即为该区的轮空数。在上半区的第一轮轮空的位置是从每个1/8区由上到下排列，而在下半区第一轮轮空的位置则是每个1/8区由下到上排列。要注意，参赛人（对）在16以下就不必分1/8区，只要分到1/4区就可以；参赛人（对）数28至31时只要分到1/4区（因为轮空数不超过4个）；参赛人（对）数为17～27和33～59时就要分到1/8区（因为轮空数超过4个）；而参赛人（对）数在65以上时，就应将轮空数分至1/16区（因为轮空数超过8个）。将同一个1/8区（或1/4区）第一轮不轮空的两个相邻位置连接成第一轮相遇的比赛。

以下是21人的单淘汰比赛秩序表：

说明：21人的单淘汰赛是按照32个位置（2的5次方）进行比赛的，所以第一轮共有11个轮空位置，平均分到1/8区后，第一、第三和第八3个1/8区各有2个轮空，而其余的1/8区都是1个轮空，每个1/8区本应该有4个位置，而现在第一、第三和第八3个1/8区各还有2个位置，其余1/8区都还有3个位置。

（6）每个区位位置数的计算方法

●上、下半区的位置数计算方法：用实际参加人（对）数除以2,如果参加人（对）数是单数,则下半区多一个。例如参赛者是29人,那么上半区应有14个位置,下半区应有15个位置。

●1/4区位置数的计算方法：用实际参加人（对）数除以4,即为每个1/4区的位置数,如果有余数,第一个余数应在第三1/4区,第二个余数应在第二1/4区,第三个余数则应在第四个1/4区。例如参赛者为35人,则第一1/4区有8个位置,其余三个1/4区各有9个位置。

●1/8区位置数的计算方法：以实际参加人（对）数除以8,即为各1/8区的位置数,如果有余数,第一个余数在第五个1/8区,第二个余数在第四个1/8区,第三个余数在第七个1/8区,第四个余数在第二个1/8区,第五个余数在第六个1/8区,第六个余数在第三个1/8区,第七个余数在第八个1/8区。例如参赛者为28人,则第一、第三、第六、第八四个1/8区各有4个位置,而第二、第四、第五、第七四个1/8区各有5个位置。

(7)种子选手

为使比赛的结果符合参赛运动员的实际水平,须将技术水平较高的运动员列为种子,以便在抽签时平均分布在不同的区域,使比赛的结果更为合理。

●种子数

参赛人数15人以下设两名种子；16～31人设4名种子；32～63人设8名种子；64人以上设16名种子（在实际操作时,可根据情况适当增减）。

●种子位置和种子的进位

1号种子在上半区的顶部即"1"号位,2号种子在下半区的底部即最后一个号位。

3、4号种子抽签进入第二1/4区的顶部和第三1/4区的底部。

5、6、7、8号种子抽签进入第二、四1/8区的顶部和第五、七1/8区的底部。

21 人的单淘汰比赛秩序表

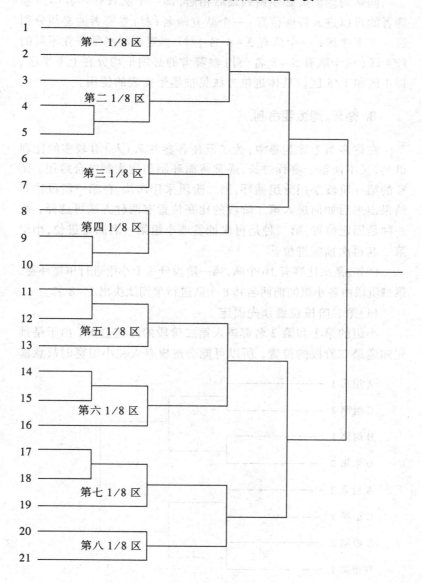

(8)非种子选手的抽签进位原则

同队的运动员必须做到最后相遇,即一个队只有一名(对)参赛者的可以进入任何位置;一个队有两名(对)参赛者的必须分别进入上下半区;一个队有 3~4 名(对)参赛者的必须分在不同的 1/4 区;一个队有 5~8 名(对)参赛者的必须平均分在上下半区、1/4 区和 1/8 区。具体进位方法见抽签平衡表的使用。

3. 循环、淘汰混合制

在许多羽毛球竞赛中,为了既使各参赛队(人)有较多的比赛机会,又不使整个赛程过长,通常将循环制和淘汰制结合运用。比赛的第一阶段采用分组循环,第二阶段采用淘汰。在第一阶段比赛结果出来后如何进入第二阶段的比赛位置有两种方法可选择,第一种是固定位置,第二种是再次抽签或小组第一名固定进位,小组第二名再次抽签进位。

例如:某次比赛有 16 个队,第一阶段分 4 个小组进行单循环赛,第二阶段由各小组的前两名共 8 个队进行单淘汰决出 1~8 名。

(1)第二阶段位置预先固定

小组的第 1 和第 2 名都进入第二阶段的固定位置。由于是预先知道第二阶段的位置,所以可能会造成有人在小组赛时故意输

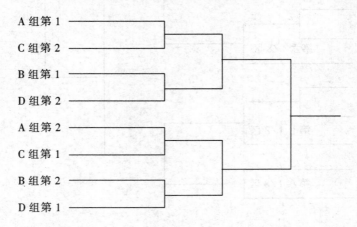

A 组第 1
C 组第 2
B 组第 1
D 组第 2
A 组第 2
C 组第 1
B 组第 2
D 组第 1

球,产生不争小组第 1 而只争小组第 2 名的问题。

(2)第二阶段抽签进位

如果小组的第 1 名进入固定位置,而小组的第 2 名则等第一阶段小组比赛结果出来后,再抽签进位,这样就在一定程度上避免了打假球的可能性。一般的原则是 A、B 组的第 2 名抽签进入下半区的位置而 C、D 组的第 2 名则抽签进入上半区的位置。

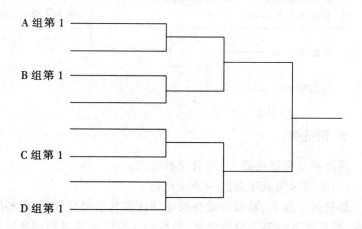

需要注意的是,在第一阶段进位时,一号种子应进入 A 组,二号种子进入 D 组,这样才能使第一、第二阶段相配。

4. 佩奇制

佩奇制是又一种在两阶段比赛的第二阶段用以取代淘汰赛的另一种方法。比赛的第一轮是由两个小组的第 1 名对第 1 名、第 2 名对第 2 名先比赛,然后小组第 1 名的胜者直接进入决赛;而小组第 1 名的负者再与小组第 2 名的胜者进行比赛,这场比赛的胜者取得另一个决赛权,负者为第 3 名;第一轮比赛中,两个小组第 2 名比赛的负者只能得第 4 名。这一比赛方法是鼓励运动员从第一阶段小组比赛开始就要全力以赴争取胜利,在第二阶段比赛时小组第 1 名只要连胜两场就可以获得冠军,而小组的第 2 名却要胜三轮比赛才能取得冠军,第一轮小组第 1 名的负者也还有机会再进入决赛,但也要打三轮,所以小组第 1 名的胜者是最有利的。在 1998 年的全国羽毛球锦标赛团体赛就曾首次使用,取得较好效果。以下为佩奇制的比赛秩序。

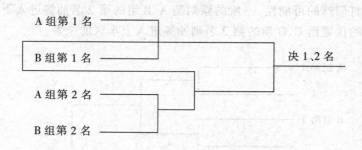

5. 预选赛

预选赛又称资格赛,一般有两种情况:

(1)不同时间或地点的两阶段比赛

如我国全运会、城市运动会羽毛球比赛和汤姆斯杯、尤伯杯的比赛,都是先进行第一阶段预赛,然后隔一段时间再进行决赛阶段的比赛。

(2)同一时间或地点的预赛和正赛

当一次比赛中某个项目报名参赛的人(对)数超过比赛的原计划数时,采用先进行预赛的方法,使正式比赛保持原定的规模。哪些运动员可以直接进入正赛,哪些运动员须先打预赛,应由竞赛的主办者或组委会决定。国际羽毛球大奖赛则是根据运动员积分排名顺序决定直接进入正赛的资格。

(3)单淘汰赛正赛中的预赛位置数

在单淘汰赛中,正赛的每 8 个位置中只能设有 1 个预赛的位置。在抽签时,预赛进入正赛的位置是随机抽签进位的,而没有平均分布的规定。

6. 运动员的比赛积分排名

国际羽联目前使用的羽毛球运动员积分排名系统（中国羽协从 1999 年开始运作"中国羽毛球协会排名系统"），是根据一名(或对) 运动员在近 52 周内参加所有国际羽联批准的比赛次数和成绩进行有序排列的。

(1)目的与作用

使用羽毛球运动员积分排名对以下几个方面能产生积极的作用：

●既重视近期的比赛成绩又综合运动员在一段时间内多次比赛中的表现，从而能比较真实地评价一名(或对)运动员的技术水平。

●鼓励和提倡运动员多参加比赛，同时也对参赛的质量提出了更高的要求。

●有利于激励一般选手向高水平选手发起冲击，促使新秀不断涌现，使比赛更具观赏性。

●为大赛的运动员资格和种子选手的确定提供比较客观的依据。

(2)计算方法

目前，羽毛球运动员比赛积分排名系统通常由以下几个方面的内容组成。

基础分：

所谓基础分是指一名(或对)运动员在参加国际羽联(或中国羽协)批准的比赛中与其所得名次相应的分数。在比赛中，运动员第一轮轮空，随即第二轮被淘汰，他们将获第一轮负者的分数；如果是第一轮对方弃权，第二轮被淘汰，就应获第二轮负者的分数。

表 1～3 是国际羽联和中国羽协批准的比赛的相应分数。表中的星号为国际羽联的比赛等级，表中的英文字母为其他等级的比赛。

例如：世界锦标赛和奥运会比赛为 7 星级比赛。

大奖总决赛为 6 星级比赛。

表 1　单项比赛分值表

	7★	6★	5★	4★	3★	2★	1★	A	B	C
冠军	600	540	480	420	360	300	240	180	120	60
亚军	510	459	408	357	306	255	204	153	102	51
3/4	420	378	336	294	252	210	168	126	84	42
5/8	330	297	264	231	198	165	132	99	66	33
9/16	240	216	192	168	144	120	96	72	48	24
17/32	150	135	120	105	90	75	60	45	30	15
33/64	60	54	48	42	36	30	24	18	12	6
65/128	30	27	24	21	18	15	12	9	6	3
129/256	12	10.8	9.6	8.4	7.2	6	4.8	3.6	2.4	1.2
257/512	6	5.4	4.8	4.2	3.6	3	2.4	1.8	1.2	0.6
513/1024	3	2.7	2.4	2.1	1.8	1.5	1.2	0.9	0.6	0.3

表 2　团体赛分值表

	7★		6★		5★		4★		3★		2★		1★		A	
第一单(双)打	225	90	180	72	150	60	120	48	90	36	60	24	30	12	20	8
第二单(双)打	180	72	150	60	120	48	90	36	60	24	30	12	20	8	10	4
第三单(双)打	150	60	120	48	90	36	60	24	30	12	20	8	10	4	5	2

表 3　苏迪曼杯比赛分值表

组　别	胜　队	负　队
1(A 和 B)	225	90
2	165	66
3	105	42
4	67	27
5	38	15
6 和以下各组	19	8

奖励分：

奖励分是指在比赛中，如果一名（或对）运动员击败当时排名高于他的对手，则根据他所击败的对手当时排名的位置给其相应的奖励分值（表4）。此举的目的在于激励一般选手向高水平选手发起冲击，促使新秀不断涌现，使比赛更具观赏性。

时间递减系数：

时间递减系数是指一名（或对）运动员在 52 周内参加比赛所得分数（包括奖励分），依其比赛时间距离计算排名当时的间隔时间进行的时间递减运算。其作用主要在于对运动员一年内的参赛成绩进行排名时，更加突出近期比赛的成绩。具体计算方法如下：

距离计算排名当时时间在 39 周以前的比赛为 55%

表 4   奖励分值表

击败运动员的所在位置	奖励分
1	50
2 ~ 5	45
6 ~ 10	36
11 ~ 20	24
21 ~ 30	18
31 ~ 50	12
51 ~ 75	6
76 ~ 100	3
101 ~ 150	2
151 ~ 200	1

距离计算排名当时时间在 26 周以前的比赛为 75%

距离计算排名当时时间在 13 周以前的比赛为 90%

距离计算排名当时时间在 13 周以内的比赛为 100%

（3）参赛次数计算

参赛次数计算是指：在最近的 52 周内，一名（或对）运动员实际参加比赛的次数如 ≤8 次（"中国羽协排名系统"则拟定以 4 次作为参赛基数），则以 8 次作为其参赛计算次数；参赛次数 9 ~ 12 次，则以其实际参赛次数作为他们的参赛计算次数；参赛次数为 13 次以上，则取其中最好的 12 次作为总得分数。羽毛球运动比赛积分排名中此项规定的主要作用在于，它既鼓励和提倡运动员多参加比赛，同时也对参赛的质量提出了更高的要求。此举的结果必然形成只有那些参赛次数既多、成绩又好的选手其排名才可能列前。

积分计算公式：

$$积分 = \frac{得分}{参赛计算次数}$$

上式"得分" = 每次比赛所获总分（基础分 + 奖励分）× 时间递减系数之和。

例如,运动员李××在计算排名时至以前52周内的比赛成绩如下:

参赛次数	比赛日期	星级	名次	基础分	奖励分	总分
1	39 周以前	7	1	600	50	357.5
2	26 周以前	6	2	459		344.25
3	13 周以前	5	1	480	45	472.5
4	13 周以内	6	2	510		510

$$积分 = \frac{357.5 + 344.25 + 472.5 + 510}{8} = 210.5313$$

7. 抽签

抽签是以公平合理及科学的方法,使参赛的运动队和运动员按竞赛规程中规定的竞赛方法进组或进位。抽签工作必须最大限度地减少人为因素,提高随机性,防止不公正的嫌疑。由于种种原因,这是一项工作量大、难度高的工作,现国际和国内都有人提议采用电脑来代替人工抽签。一般来说,抽签由竞赛的组织者主持,是公开进行的,参赛队和新闻界都可出席抽签仪式。也有一些比赛是由竞赛主办者自己进行抽签的。

(1)抽签人员

主抽人:主持整个抽签工作,裁判长是合适的人选。

名签员:负责名签的保管、整理和出示。

号签员:负责抽签用的区号签、位置号签的整理、保管和出示。

平衡员:协助主抽人,控制进位平衡。

记录员:随时记录抽签结果。

公告员:随着抽签进程将抽签情况随时显示在公告表上。

(2)抽签用具

抽签工作台:工作台面积要能满足所有抽签人员一起工作。

名签:各参赛队团体赛的队名签和单项赛的运动员名签。在运动员名签上应写上运动员在该队的技术水平顺序号。当参赛队或参赛运动员抽签进位后，该队或该运动员的名签要贴在公告表上，如能用不干胶纸做名签就会给公告工作带来很大方便。

号签：根据比赛采用的方法，抽签时有"位置号签"和"区号签"。号签可以用卡纸制作，但严格来说卡纸做的号签易产生弊病。所以，重要的比赛采用号码棋或圆球制作(抽签的方法可以多种多样)。如果做得周到的话，每个比赛项目应各用一套号签。

平衡表：单淘汰赛抽签时，记录抽签进位的总体状况，反映各队抽签时的相互关联，帮助主抽人在抽签时纵观全局，避免出错，使全部参赛运动员能符合规则要求被抽进位。

电脑及打印机：大型比赛必备，一般比赛视条件而定。

记录表：用以随时记录抽签结果。核对抽签结果及存档。

公布表：随时向抽签仪式的出席者公布抽签结果。

(3)抽签方法

抽签会议由竞赛委员会出面主持，介绍抽签人员和出席抽签会议的各方来宾。抽签的具体程序如下：

●介绍各比赛项目的报名队数和人(对)数；各项目将采用什么赛制。比如，分阶段分组比赛的第一阶段将分几个组；第二阶段如何进行等。

●本次比赛确定种子选手的依据。宣布各项目的种子选手名单。

●主抽人宣布抽某某队(或人)，进组或进位的条件要求，此时名签员和号签员取出相应的名签和号签，为显示抽签的公正和清楚，主抽人可请各队的领队或代表自己抽签，也可以请第三者代替抽签。

●主抽人宣布签号，某某队(或人)进入 ×号位置，记录员作记录，公告员立即在抽签结果公布表上显示这一结果。单淘汰赛时，抽签平衡员在平衡表上也应立即作相应的记录(见24页平衡表的使用)。随后再抽下一个队(或人)，重复上一个抽签过程，直至抽签全部结束。但是主抽人要随时询问平衡员进位情况，平衡员在需要时也应及时提醒主抽人应该注意的问题。

(4)宣布抽签结果

在每一个项目抽签结束时，主抽人都应宣布该项目的抽签结果。

(5)抽签平衡表的使用

抽签前在空白的平衡表上(平衡表1)，按该项目的报名情况，填写各队的参赛人数，根据各队的参赛人数，在该队队名下列的相应空格中或线上画上〇代表应进该区的运动员。比如：某个队有4名参赛者，那么在每个1/4区的空格中间都应画一个〇，表明该队必须在每个1/4区内抽签进一名队员；某队有3名参赛者，则要在第一、第二1/4区的分隔线和第三、第四1/4区的分隔线以及上半区和下半区的分隔线上各画一个〇，表明该队抽签时必定上、下半区至少各进一名队员，而在上半区的队员可以进第一1/4区也可以进第二1/4区，在下半区的队员可以进第三1/4区也可以进第四1/4区，它们是1/4区的机动数，第三名队员是处于上、下半区机动的位置，一旦抽入某个半区时，一定要进入与同队队员不同的1/4区。根据该项目参赛的总人数，在位置号码的空格中填写各1/4区的位置号，如果该项目中有一个队的参赛人数超过5名，每个1/4区的位置号需分为1/8区填写，然后再填写上半区和下半区的位置数和机动数以及每个1/4区的位置数和机动数。

例如：某次男子单打比赛共有7个队参加，按照各队参赛的人数填写抽签平衡表(平衡表2)，从平衡表的位置号码可以很清楚地看出，上半区的前面一个位置号码1、5、9、13是该1/4区或1/8区顶部的位置也就是种子位置，而在下半区则是后面的一个位置号码22、26、31、35。从表后的位置数看已定数是平均的，上半区的位置数比下半区少一个，1/2区的机动数下半区就比上半区多一个。每个1/4区位置数都是6个，而机动数则是第一1/4区少一个。这样平衡表的抽签准备工作已经就绪。抽签时，先抽种子，8名种子依次为A1、B1、A2、C1、D1、E1、F1和B2。种子运动员都是直接进入位置。

●1号种子进入上半区的顶部即"1"号位,平衡员应在平衡表上 A 队下第一 1/4 区与位置号"1"相对应的○中写上 1,并在○上方引一个箭头,在箭头处再写一个 1,表示是 A 队的 1 号运动员已进入 1 号位置,2 号种子 B1 进入下半区的底部即最后一个号位"35",平衡员在 B 队最底下一个○中写上 1,在○的下方引一个箭头写上"35"表示 B 队的 1 号运动员已进入 35 号位置。

●接着抽 3、4 号种子 A2 和 C1,必须注意 A1 已在上半区,所以 A2 只能进入下半区的 26 号位置,而 C1 就自然进入上半区的 9 号位置了。

●5～8 号种子也是并立的,应该一起同时抽签,但由于 B1 已在下半区的 35 号位了,所以 B2 就需单独先抽签进入上半区的 5 和 13 号位,假设 B2 进入 13 号位,随后 D1、E1、F1 一起抽签进入 5、22 和 31 号位,此时要注意代表 F 队的 3 名运动员的○都处于线上的机动位置,因此当 F1 进入第四 1/4 区的 31 号位时,就应立即把后面第四 1/4 区机动数的"3"划去。

●随着抽签的进程填写种子运动员所进的位置。在种子运动员抽签进位完毕后,接着抽非种子运动员,各队抽签的先后可以由不同的方法排列,在抽某一个队时,应按该队队员的技术水平的序号抽签,先抽进 1/4 区,进入某一个区后就将该运动员的技术水平代号填写在所进区的○中,凡是处于机动位置的○有运动员进入某区后,就必须将所进区(上、下半区或 1/4 区)的机动位置数划去一个,当某个区的机动位置数全部被划去后,表示不能再有机动位置的运动员抽签进入该区,这也是平衡表的重要作用之一。在所有的非种子选手全部进区后,再将各 1/4 区的运动员抽入具体位置,当某一 1/4 区有两名同队的运动员时,这两名运动员就应先抽入该 1/4 区中分开的 1/8 区(平衡表上 1/4 区号分为两个 1/8 区填写,有助于区分 1/8 区),在运动员进入位置后,平衡员应将该运动员所进的位置号写在○的上部或下部(相应的 1/8 区位置

羽毛球单淘汰比赛抽签平衡表

序号	1	2	3	4	5	6	7	8	9	10	11	12	13	14	15	16	17	18	1/4区			1/2区		
																			位置数	已定数	机动数	位置数	已定数	机动数
队名																								
人(对)数	名	名	名	名	名	名	名	名	名	名	名	名	名	名	名	名	名	名						
位置号 1																								
位置号 2																								
位置号 3																								
位置号 4																								

1/2区　1/4区

上半区　下半区

26

羽毛球单淘汰比赛抽签平衡表

序号	1	2	3	4	5	6	7	8	9	10	11	12	13	14	15	16	17	18	1/4区 位置数	已定数	机动数	1/2区 位置数	已定数	机动数
队名	A	B	C	D	E	F	G																	
人(对)数	8名	7名	6名	5名	4名	3名	2名	名	名	名	名	名	名	名	名	名	名	名						
上半区 区1 位置号 1~4	1↑①	④	③	①→5	②	←②	←①												8	6	✗✗			
区1 位置号 5~8	⑧	⑤→13	⑤→9←①	←⑤5	③	②	①																	
区2 位置号 9~12	③	④	④	④	②②														9	6	✗✗✗	17	16	✗
区2 位置号 13~17	⑤	②→13	⑥	←⑤	③	③→	①																	
下半区 区3 位置号 18~22	⑥	←⑥	④	⑤ 22←①															9	6	✗✗✗			
区3 位置号 23~26	②→26	③	④	②	②	③→	②															18	16	✗✗
区4 位置号 27~31	④	①→35	②①	③	④	①→31	②												9	6	✗✗✗			
区4 位置号 32~35	⑦		②																					

号）。如平衡表2所示记录了所有运动员进1/4区的情况。

(6)机动数的计算方法

●上、下半区机动数：如果某队在该项目的参赛人(对)数为单数，就有一个上、下半区的机动数。将所有各队的上、下半区机动数相加，就得出该项目总的上、下半区机动数。

●1/4区机动数：某队在该项目的参赛人(对)数与最接近的$4n(4、8、12、16……)$的差数，即为该队的1/4区机动数。

把所有各队的1/4区机动数相加，就得出该项目总的1/4区机动数。如下表所示：

参赛人(对)数/对	2	3	4	5	6	7	8	9	10
1/4区机动数	2	1	0	1	2	1	0	1	2

三、羽毛球竞赛编排与成绩记录工作

(一)竞赛日程的编排

1. 竞赛日程编排的依据

合理的竞赛编排是使比赛顺利进行并使运动员充分发挥技术水平的重要保证。为此,在编排竞赛日程时应依据以下条件。

(1)比赛的时间(天数、节数、小时数)。

(2)可供使用的场地数量。

(3)运动员的合理负担量,即在单项比赛中,每名运动员一天不应安排超过 6 场比赛,而且同一项目的比赛不应超过 3 场;在一节时间里,不应安排超过 3 场比赛,同一项目的比赛不应超过两场。在团体赛中每个队一天内不应安排超过两场五场制的团体赛;一节时间里不应安排超过一次五场制的团体赛。

(4)根据该次比赛的项目和运动员的技术水平估算每场比赛可能需要的时间,推算出每节比赛场地的容纳量。

2. 竞赛日程编排的步骤

(1)列出每个比赛项目的比赛轮次和场数表。

(2)将每轮比赛按运动员的合理负担量和场地的容纳量合理、平均地分配到每天、每节。如果不能做到平均分配,多余的轮次不能安排在半决赛和决赛,而要安排在比赛开始的前几轮。因为比赛越是到后面的轮次,双方的技术水平越接近,比赛也更激烈,运动员体力消耗大,影响技术水平发挥。

(3)将每轮的比赛场次安排到各场地并排出场序。例如：某次羽毛球比赛，设 5 个单项。每项目的报名情况为男子单打 28 人、男子双打 16 对、女子单打 26 人、女子双打 14 对、男女混合双打 22 对，每个项目均取前 6 名。比赛可用场地 4 片，比赛时间 5 天，每天下午 3～6 点。编排程序如下：

●列出各项目的比赛轮次和每轮的比赛场数

项目	人(对)数	总场数	第一轮	第二轮	第三轮	第四轮	第五轮
男单	28	31	12	8	4	2(＋2)	1(＋2)
男双	16	19	8	4	2(＋2)	1(＋2)	
女单	26	29	10	8	4	2(＋2)	1(＋2)
女双	14	17	6	4	2(＋2)	1(＋2)	
混双	22	25	6	8	4	2(＋2)	1(＋2)
合计		121					

注：＋2 是指加附加赛的 2 场比赛

●将各项目各轮次的比赛场数安排到每一天

项目	第一天	第二天	第三天	第四天	第五天
男单	第一轮 12 场	第二轮 8 场	第三轮 4 场	第四轮半决赛 4 场	第五轮决赛 3 场
女单	第一轮 10 场	第二轮 8 场	第三轮 4 场	第四轮半决赛 4 场	第五轮决赛 3 场
男双	第一轮 8 场	第二轮 4 场	第三轮半决赛 4 场	第四轮决赛 3 场	
女双		第一轮 6 场	第二轮 4 场	第三轮半决赛 4 场	第四轮决赛 3 场
混双	第一轮 6 场	第二轮 8 场	第三轮 4 场	第四轮半决赛 4 场	第五轮决赛 3 场
合计	36 场	34 场	20 场	19 场	12 场

说明：最多一天要进行 36 场比赛，5 片场地平均每片场地要安排 7 场比赛，因为是基层业余的羽毛球比赛，所以第一轮平均每场比赛 20 分钟是可行的。

●将每天要进行的比赛排定时间。

(二)比赛场序的编排

当确定了在一节时间里所要进行的比赛场次后,接下来的工作是将这些比赛场次进行比赛顺序编排,由于比赛时间的长短受各种因素影响不能赛前预知,如比赛项目的不同(男子项目时间长于女子项目、双打项目长于单打项目),比赛双方的技术水平高低差异(水平接近的比赛所需时间就长些,一般来说淘汰赛的预赛阶段一场比赛时间相对比决赛阶段一场比赛的时间要短),一次比赛整体技术水平高低也是影响比赛时间长短的因素(少儿比赛、基层比赛的时间就要明显少于全国比赛和国际比赛)。因此,需要对比赛所需时间作出一个比较准确的估计。根据以往的经验来看,一场比赛所需时间大致如下表(时间单位:分钟/场):

	女子单打		男子单打		双打项目	
	预赛阶段	决赛阶段	预赛阶段	决赛阶段	预赛阶段	决赛阶段
基层或少儿比赛	10~20	20以上	15~30	30以上	20以上	30以上
优秀运动员比赛	15~30	30~60	30~45	45~70(最长100)	30以上	45以上(最长120)

比赛场序的编排常用的有两种方法:比赛定时间(或场序)、固定场地;比赛定时间(或场序)、调度场地。这里所指的比赛"定时间"实际上也只有每节第一场比赛的时间能确实执行,从第二场以后的比赛时间在执行时,只能是作为参考时间或作为报到时间,具体编排方法如下:

为了方便编排,将每个项目的每场比赛,编制成三位数作代号,习惯上男子单打以1开头、女子单打以2开头、男子双打以3开头、女子双打以4开头、男女混合双打以5开头。

下表为某次比赛的男子单打部分比赛编号在淘汰赛表中的

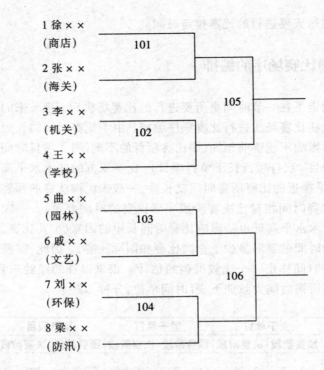

1 徐××
（商店）

101

2 张××
（海关）

105

3 李××
（机关）

102

4 王××
（学校）

5 曲××
（园林）

103

6 戚××
（文艺）

106

7 刘××
（环保）

104

8 梁××
（防汛）

显示位置，其他项目的编号类同，这里从略。

假设某天下午共要进行男子单打 8 场比赛（比赛代号 101～
108）、女子单打 8 场比赛（比赛代号 201～208）、男子双打 4 场比赛
（比赛代号 301～304）、女子双打 4 场比赛（比赛代号 401～404），总
共 24 场比赛，可供比赛的场地有 4 片，时间 2:00～5:00。

1. 固定场地的场序编排（方法一）

场序	时间	一号场	二号场	三号场	四号场
1	2:00	201	202	203	204
2	2:30	205	206	207	208
3	3:00	101	102	103	104
4	3:30	105	106	107	108
5	4:00	401	402	403	404
6	4:30	301	302	303	304

2. 调度场地的场序编排(方法二)

场序	时间				
1	2:00	201	202	203	204
2	2:30	205	206	207	208
3	3:00	101	102	103	104
4	3:30	105	106	107	108
5	4:00	401	402	403	404
6	4:30	301	302	303	304

3. 两种方法的说明和比较

采用第一种方法,比赛均在固定场地进行,以二号场为例,比赛的次序依此为202,206,102,106,402,302。此方法的优点是运动员事先知道在哪一场地比赛;缺点是,因各场比赛所耗时间不一,有可能造成某一运动员单打比赛还未结束,而双打比赛又要开始。例如,运动员李某正在进行一号场地205的女子单打比赛,由于第一场201的比赛打了三局耗时1小时,205的比赛又赛成局数1比1,而此时二号场地前4场比赛已全部结束,等着要进行有李某参加的402女子双打比赛。此时,就必须临时调其他场次的比赛到二号场地,往往由此造成整个比赛场次混乱。

如果采用第二种方法,即定时间(或场序)不定场地,就可以避免此情况出现。不固定场地的比赛次序,以上表为例,从2时开始,一号场至4号场的第一场比赛仍旧依次为201,202,203,204。但是,如果203比赛先结束,接着在三号场的比赛不是207而是205,也就是说比赛的顺序是先进行2时的比赛,接下来是2时半的比赛,次序是从左到右,再接下来进行的是3时的比赛,次序也是从左到右……意味着是一个项目结束后再开始另一项目的比赛,在编排场序时就要注意,将同一项目安排完后,再排另一项目,而且,男、女项目要跳档间隔开,就可最大程度地避免某一运动员连场,比赛场地也可最大程度地得到利用。

在大型比赛时,领队、教练都较有经验,采用比赛代号编排,简捷明了。在基层比赛时为避免误差,使参赛者更易看懂,除了以上采用比赛代号、另列比赛次序表外,还可在场序表上直接写上运动员姓名,也可在淘汰表中注明比赛场地、场序,如下所示。

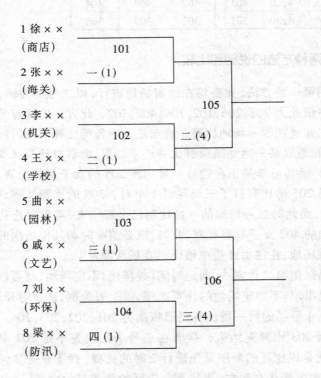

7月1日下午　　7月1日晚上

注:一(1)是表明该场比赛是在下午一号场地第 1 场进行。

4. 在一节时间中有运动员兼项的场序安排

当比赛进行到半决赛阶段时,往往产生运动员兼项,即同时要

34

参加几个项目的比赛,所以,半决赛和决赛的比赛场序最好在知道比赛运动员的具体姓名后再安排,在比赛时间表中可用"待定"来表示。如有运动员在同一节时间里要兼项比赛,为避免该运动员连场和保证该运动员有合理的间隔休息时间,可采用如下的编排方法。例如,在一节时间里将进行5场5个单项的决赛,其中有的运动员需参加两场比赛,名单是:男子单打张军—李强、男子双打周明/曲勇—张军/陶胜、女子单打花木—方芳、女子双打花木/俞青—方芳/朱敏、男女混合双打周明/俞青—李强/朱敏。

第一步,先分析有哪几位运动员有兼项。

姓名	男单	男双	女单	女双	混双
张军	+	+			
李强	+				+
周明		+			+
曲勇		+			
陶胜		+			
花木			+	+	
方芳			+	+	
俞青				+	+
朱敏				+	+

第二步,从上表分析有运动员兼项的比赛场如下:

第三步,根据兼项情况可以排出以下四种可行方案:

第一种:混双、女单、男单、女双、男双

第二种:混双、女单、男双、女双、男单

第三种:男双、女双、男单、女单、混双

第四种:男单、女双、男双、女单、混双

第四步,根据需要选择其中一个方案。

5. 循环赛比赛场序日程表

男子团体	青联队	技校队	园林队	建材队	胜次	名次
青联队	※	7日晚一号场	6日晚二号场	5日晚一号场		
技 校		※	5日晚二号场	6日晚一号场		
园林队			※	7日晚二号场		
建材队				※		

6. 安排比赛场序时应避免的错误

（1）重复——一场比赛安排了两个时间。即安排过后又再安排。

（2）漏场——一场比赛没有被安排在比赛时间表里。一般情况是因为有了上一种情况后比赛总场数不错而造成的。

（3）重场——一名运动员在同一时间里被安排了两场比赛。在同一时间里要进行不同项目的比赛时就需注意兼项运动员的比赛场次安排。

（4）连场——一名运动员被安排了没有间隔时间的连续两场比赛。如在一节时间里一个项目要进行两轮比赛，或有两个项目的比赛就容易产生连场。如果一名运动员在一节时间里需进行两轮比赛，在采用固定场地安排比赛场次时，最好将这名运动员的比赛安排在同一个场地，使两场比赛之间有一至两场的间隔。

这里有必要强调，比赛场次的编排工作至少应由两人来做，并进行反复核对，才能避免差错。

7. 比赛场序的调整

整个比赛场序编排完成后，在比赛开始前或比赛进行间，由于各种原因，还需要对比赛场序进行调整。

（1）在比赛开始前，由于电视转播要求，需将某一场或某些场次的比赛安排在特定的电视转播场地和比赛时间。

（2）在一轮比赛后，发现某运动员接着兼项的比赛将发生连场时,应及时调整场序。

(3)比赛进行中,特别是在按照固定场地办法安排场序时,有时由于各场地比赛进行时间相差较大,可能会造成运动员连场,此时需临时调整场序。

所有已定的比赛场序,需要变动时,都必须经裁判长的授意或同意。所有比赛场序的调整,都必须及早通知与比赛有关的教练员、运动员、裁判员、记录台以及其他有关方面。凡是比赛前进行的调整,都应该出书面通知和公告。

(三)训练场地的安排

1. 赛前训练场地的安排

一般基层比赛不一定安排赛前训练场地,但跨地区比赛、全国性比赛或国际比赛,就需安排训练场地供运动队到赛区报到后进行赛前的适应性训练。安排训练场地的原则是从规定报到日期起就应安排训练场地,各队机会均等,各队运动员人数多少与训练时间和场地数要成比例,场地要轮转,各时间段要轮换。如果知道各队的报到日期,在安排训练时间表时就要将此因素考虑在内。一般地说,从各队报到至比赛开始最多 1~2 天,为了使各队能有机会在不同的场地和时间段练习,所安排的每次训练时间以 1.5~2 小时为宜。下页表为某次全国比赛一天的模拟训练场地安排。

2. 比赛开始后训练场地的安排

在较高层次的羽毛球比赛,如全国羽毛球比赛或国际比赛,当比赛开始后,有的队或运动员在一节或一天时间里因轮空而没比赛,也有的在一个项目中已被淘汰,而另外项目的比赛尚未开始。对这些情况都应作适当的训练场地安排,方法是由专人负责,统一给有训练要求的运动队或运动员安排场地。

时　　间	一号场地	二号场地	三号场地	四号场地	五号场地	六号场地
08:00~09:30	辽宁	辽宁	河北	陕西	北京	北京
09:30~11:00	四川	四川	贵州	云南	广西	广西
11:00~12:30	山东	山东	江苏	江苏	福建	福建
13:00~14:30	浙江	浙江	上海	上海	湖北	湖北
14:30~16:00	湖南	湖南	广东	广东	解放军	解放军
16:00~17:30	北京	北京	陕西	河北	辽宁	辽宁
17:30~19:00	贵州	云南	广西	广西	四川	四川
19:00~20:30	福建	福建	山东	山东	江苏	江苏
20:30~22:00	上海	上海	湖北	湖北	浙江	浙江

(四)比赛秩序册

比赛秩序册是竞赛的组织工作者和参赛者的工作和参赛的依据,也是新闻工作者和观众的指南。在比赛结束后秩序册和成绩册合在一起是本次竞赛的档案。一本完整的秩序册必须包括以下内容。

1. 封面

秩序册的封面应有本次比赛的完整名称、比赛日期、地点和比赛场馆。

2. 竞赛规程及竞赛补充规定

3. 竞赛有关人员名单

有关人员名单应包括:竞赛的组织委员会名单和各工作组成员名单,以及裁判长、裁判员名单。参赛的各运动队名单,包括领队、教练员和运动员。

4. 竞赛总日程表

包括从比赛运动队报到起至比赛结束止,每一天的会议、比赛项目,以及该比赛项目的轮次和其他的活动安排,并注明地点和时间。

5. 比赛秩序表

循环赛的分组表、淘汰赛的淘汰表,表中注明每场比赛的具体地点、场地、时间或场序。

秩序册中还可登载领导或赞助单位的贺词、以往历届比赛的成绩等。在封底或插页登载一些商业广告也是常有的。

(五)成绩记录及成绩公报、公告

每场比赛结束都应立即准确地将成绩记录在档,并以最快的方式公布,让运动队和新闻工作者及时了解最新的比赛成绩。

1. 成绩记录

一场比赛结束后,裁判员应立即将经裁判长审核并签字的记分表交到记录台,记录员应再次仔细核对记分表的各项内容是否正确,如有错误,应要求该场比赛的裁判员再次检查并纠正。在记录到成绩汇总表上后,最好能由他人再次根据原始记分表核对一次。最主要的是胜方和负方不能颠倒以及每局的比分必须正确(特别是在循环赛时),比赛的成绩登记要将胜方的分数写在前面。

淘汰赛表上的成绩记录如下所示:

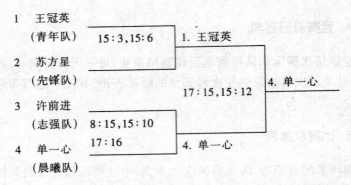

循环赛表上的成绩记录应从左向右横向登记,如下所示:

第一组	王瑞平	李志强	周　风	陶　成	胜次	备注	名次
王瑞平	※	0:2	0:2	2:0	1		3
李志强	15:9 15:10	※	2:0	2:0	3		1
周　风	15:11 15:12	4:15 1:15	※	2:0	2		2
陶　成	3:15 7:15	8:15 12:15	7:15 9:15	※	0		4

为便于快速识别某队的胜次,可以将该队的胜场比分用红色登写,负场用蓝色或黑色登写。备注栏是为一旦有三者胜次相同时,注明净胜局或净胜分时使用。

2. 成绩公告

参赛的运动队、运动员都需及时了解比赛的成绩,特别是淘汰赛更需知道下一轮的对手,新闻记者也要及时进行报道。为此,需将比赛的结果尽早公布,最简捷的方法是设立成绩公告栏。因为成绩公布的时间性极强,也不能有任何差错,因此,成绩公告栏应设立在醒目的地方,由专人负责登记和第三者进行复核,成绩公布要注意做到迅速并准确。

及时公布比赛成绩还可以避免参赛队的教练员、运动员或新闻记者等无序地到记录组了解比赛结果,引起混乱或差错。

3. 成绩公报

综合性大型运动会和级别较高的羽毛球比赛都需印发成绩公报,成绩公报应该在每一天或者某个项目的一轮比赛结束时印发一次,成绩公报应该有比赛的全部详细比分。成绩公报应发放到每一领队手中,如果晚上比赛结束很迟可以直接送到领队房间。在每次成绩公报印出后也应立即送到新闻中心,使记者能及时得到。

(六)成绩册

无论何种比赛均需印制成绩册,成绩册与秩序册一起归档。成绩册的内容应包括录取名次表、总名次表及全部的比赛成绩(每场比赛的具体比分)。还可将各项目的比赛场数统计和每场比赛所耗时间的统计表附在后面。成绩册的制作在比赛的过程中即可进行,最后只要将成绩公报加上名次表和封面就是一本完整的成绩册了。

四、羽毛球裁判人员的
工作职责和裁判方法

羽毛球竞赛临场裁判人员的组成包括三个部分。

裁判长:裁判长、副裁判长。

临场裁判员:裁判员、发球裁判员、司线裁判员、记分员。

编排记录组:编排记录组长(一般由副裁判长兼任)、组员。

(一)裁判长的职责与担任裁判长的条件

1. 裁判长的职责

裁判长对组成整个竞赛的每一场比赛负有全责,包括:

(1)对规则和竞赛规程的解释作出最后决定。

(2)保证比赛公正地进行。

(3)保证比赛的顺利进行。

(4)全面管理竞赛。

2. 担任裁判长的条件

(1)热爱羽毛球运动,有奉献精神并对羽毛球运动有相关的经历和丰富的经验。

(2)精通羽毛球竞赛规则,熟悉羽毛球竞赛规程并具有与羽毛球运动相关的知识。

(3)做事讲原则,工作责任心强,有条理,有主见,敢于作决定,并勇于承担责任,善于团结大家一起工作。

(4)仪表端正,着装整洁,待人接物和气有礼貌。

(5)身体健康,精力充沛。

裁判长在竞赛组委会的领导下执行裁判长工作。

(二)裁判长在比赛前的工作

1. 阅读本次比赛的竞赛规程和文件

2. 了解比赛概况

了解各项目的参赛人(对)数,核算比赛的轮数和场数,可使用的场地数,比赛的天数及时间。

3. 了解竞赛各有关部门及人员的联系方法

包括:竞赛委员会、医生(大会住处和比赛场地)、交通车、裁判人员、编排记录组(包括训练场地安排员、播音员、翻译员)、管球员、场地器材组(比赛时的网,网柱,尺,灯光,空调,门窗,场地画线或修补)。

4. 核查抽签、竞赛编排等情况

(1)种子进位和同队运动员的位置必须符合抽签进位原则。

(2)在领队会前或领队会时了解退出比赛和需要替补的情况并作出决定。

(3)核对各运动队和运动员的报到情况。

(4)竞赛日程安排,通常一个项目一天安排一轮比赛,如果必须安排两轮,最好是最初的几轮比赛,如第一和第二轮或第二和第三轮。千万不要将1/4决赛以后的比赛排在同一天进行两轮。如果同一项目一天必须进行两轮比赛,则间隔的时间要尽量长一些。

(5)根据比赛的水平,估算每一场比赛所需的时间。

比赛的秩序表应在各运动队报到或比赛开始前数天就发到各比赛队和有关方面。如果因故有变动,那么在领队会后,至少在比赛开始前一天必须公布经调整后最后的、完整的、正确的比赛秩序表。

5. 检查场地、设备、器材是否符合要求

(1)场地的丈量是否标准,线的颜色是否清楚,场地表面平整程度,塑胶地毯的接缝有否裂开,场地四周空间和高度是否符合标准。

(2)网柱是否稳固,网的白布条是否紧贴绳索,网和网柱之间有无空隙,网上是否破损有洞。

(3)裁判椅、发球裁判椅、视线裁判椅的高度和稳固性,记分器的数量及安放位置(在有电视转播的比赛,还要注意电视摄像机和话筒的位置)。

(4)尺、拖把、暂停标记、衣物筐、放球筐的数量和位置。

(5)灯光的亮度和角度,场地四周门窗的挡风情况,场地的背景(包括广告、A 字型广告牌、视线裁判服、桌子等)不能为白色或浅色。

(6)记录台、裁判长席、比赛值班医生、管球员的位置,轮休裁判员、司线裁判员的座位。

(7)裁判员、运动员进退场的出入口及行走路线。

(8)运动员、裁判员、司线裁判员的休息室和厕所。

(9)医务室、兴奋剂检测室的位置和设备。

6. 检查运动员检录处

检录处应安放在合适的位置,既不影响比赛,又方便运动员检录。

7. 检查比赛用球

除按规则要求随机抽查测试球的速度外，还要使用发高球的方式测试球飞行的稳定性（飞行时是否摇晃或飘行），以及检查球的牢固程度。要准备有足够数量的球并有快一号和慢一号速度的球供选择，要注意同一号的球其速度应一致。

8. 召开裁判长、领队和教练员联席会议

在比赛前一天举行领队、教练员会议，会议的内容及需解决的问题如下：

（1）对出席人员作介绍并表示欢迎。

（2）在会议开始前尽早将比赛抽签结果发给各队，以便各领队核查并能及早发现问题在领队会上提出。

（3）核查、询问参赛队和运动员报到情况，对秩序册中的错误进行更正，对退出比赛、替补等在会上作出决定。

（4）对规则中新修改的条款，如需要应作说明，例如：发球违例，换球的处理（不试速度），运动员在比赛中换拍、擦汗等需得到裁判员同意，90秒和5分钟间歇，场上受伤的处理等。如果有补充规定应该在会上宣布。

（5）宣布比赛的报到时间、方法，团体赛交换名单的时间与地点。

（6）比赛时运动员进退场的方式和出入口。

（7）准备活动场地、训练场地安排时间表。

（8）明确各领队与裁判长联络的方法（房间号、电话号），要让领队和教练员随时能与裁判长联系。

（9）会议结束前，感谢各领队和教练员的合作，预祝比赛在各方面的共同努力下圆满成功。

9. 主持全体裁判员会议

在领队会议后、比赛开始前需召开裁判员会议，会议的内容及

需解决的问题如下：

(1)介绍出席会议人员并表示欢迎。

(2)介绍本次比赛项目、参赛队和运动员数、比赛办法、竞赛日程及时间等。

(3)传达领队会上有关比赛的各项内容。

(4)比赛时，裁判员到场地报到(或赛前准备会)的时间。

(5)比赛进退场的出入口和路线。

(6)要求裁判员进场后对所有场地器材、裁判人员的位置作检查。

(7)本次比赛各阶段；一场比赛开始时如何宣报。

(8)规则新的变动；强调执行规则的重点，发球裁判员的宣判，网前的击球违例，换球的处理，90秒和5分钟间歇，比赛连续性和行为不端的处理，场上受伤的处理等。

(9)在会议最后表示，希望能与全体裁判员合作愉快，预祝比赛成功。

10. 召集全体司线裁判员会议

有些羽毛球比赛设专职司线裁判员，他们独自成为一个组。遇此情况，裁判长需另行召集司线裁判员会议。

(1)自我介绍并表示欢迎。

(2)指出司线裁判工作的重要性，介绍本次比赛的一般情况，司线裁判员的工作安排。

(3)要求司线裁判员精神集中，不受任何干扰，公正判决，宣报"界外"的声音要响亮，手势要果断清楚。

(4)司线裁判员只负责判决球在他所分管的线附近的落点是界内还是界外，如果司线裁判员认为球擦运动员的球拍、身体或衣服后出界，就不要立即做界外的手势，要等裁判员示意后再作"界外"球的判决。

(5)只要是球落在该司线员分管的线附近，都要做手势；如果落在后场边线和端线的交界处附近，边线司线员与端线司线员都应做手势;如果作出不同的判决,裁判员应宣判球出界。

(6)讲明如果比赛时,发现司线裁判员有明显的错误,为了比赛的顺利进行,裁判长将有权撤换该司线裁判员。

(7)表示希望能合作愉快并祝比赛成功。

11. 对编排记录长提出要求

对编排记录长应提出工作要求和协调方法,具体如下:

(1) 要求在每天的比赛开始前准备好比赛的秩序表和记分表。

(2)比赛时在裁判长指导下调度宣报比赛场次。

(3)收集比赛结束的记分表并协助检查。

(4)根据比赛记分表统计每场比赛所用的时间。

(5)成绩公布和成绩公报。

(6)裁判员担任裁判工作次数统计。

(7)资料归档编制成绩册。

12. 会见医生并提出配合要求

遇有运动员在比赛中受伤时的处理步骤。

(三)裁判长在比赛中的工作

裁判长必须在比赛开始前到达场地,规模较大的比赛需要提前 40 分钟到达场地以便作全面的检查。

1. 检查场地器材

到达场地后对场地、器材有重点地作最后检查。

2. 测试球速

测试球速,决定当天比赛用球的速度号(可请运动员协助)。

3. 裁判工作准备会

宣布当天的裁判工作分配，第一天比赛的准备会应对本次比赛的进退场方式、路线、工作程序等再次说明；强调裁判员对比赛的控制；解答裁判员提出的问题。以后每天的准备会应对前一天的比赛作简短的评价和强调当天比赛的注意事项。

4. 检查各岗位到位情况

所有第一场裁判员、记录台人员、广播员、医生，以及与比赛场地、设备有关的人员全部到位。

第一场比赛运动员报到。

比赛开始前 5 分钟，全部人员离开球场。

准时宣布比赛开始。

5. 比赛进行中的工作

比赛开始后裁判长要始终在场并密切注视比赛的进行状况，随时准备接受并处理领队、教练员、运动员或裁判员的申诉，以及对其他一切有关比赛的问题作出决定。如果裁判长必须离开场地时，应委托副裁判长代理裁判长的职责。在有几个馆同时进行比赛或在一个馆中有多个场地进行比赛时，裁判长可委派副裁判长分工负责，以保证每个场地有裁判长负责观看。

裁判长应随身备有小笔记本，随时记下比赛中发生的意外事故，需改进的地方及裁判员的工作情况，也应将各有关方面提出要求解决的问题记录下来，以便及时解决。

接受领队或教练员提出的运动员要求弃权的请求，并及时将处理意见通知记录组和有关运动队、运动员。

6. 接受申诉的处理

（1）比赛中针对发球裁判员或司线裁判员判决提出的申诉，裁判长应先仔细听取教练员的申诉，然后到该比赛场边（如果该场地离得较远）仔细观看。

（2）比赛中运动员对司线裁判员的判决提出异议，裁判员首先应制止运动员向司线裁判员争议，告知运动员如有问题只能向裁判员提出，裁判员认为司线裁判员是正确的，应明确告诉运动员"司线裁判员判决正确，继续比赛"，只有裁判员认为需要时才使用正式手势，要求裁判长进场。裁判长进场后首先应仔细听取裁判员的陈述，如有必要再听取运动员的申诉，然后作出决定。如果认为裁判员是正确的就支持裁判员的判决，要求运动员继续比赛；或裁判员认为司线裁判员确实明显错误，裁判长也持同一看法，可以撤换该司线裁判员，但不能更改司线裁判员的决定。在裁判员宣报"继续比赛"后，运动员如果仍纠缠不休，裁判员应按羽毛球竞赛规则第16条处理。

（3）比赛中裁判员不允许运动员向发球裁判员提出争议，发球裁判员在宣报发球违例的同时应以规范手势表明是什么发球违例，在运动员询问时可再次以手势表明，绝不可回避。如运动员争议，裁判员必须制止。运动员对所有有关判决的申诉只能向裁判员提出。一般情况下裁判员应维护支持发球裁判员的判决，要求运动员服从判决，继续比赛。如果有教练员向裁判长提出对发球裁判员的申诉，裁判长应认真观看该场比赛然后给以答复，但决不能在比赛进行中上场对发球裁判员给以指导，如有必要，在局数1比1比赛间歇时，可与发球裁判员交换意见，如果裁判长认为发球裁判员确实问题严重，影响比赛的公正进行，那么根据规则裁判长也可撤换发球裁判员。一般情况下裁判长在小结会时应对发球裁判员的问题提醒注意，下次安排发球裁判员时也应考虑。

7. 对破坏比赛连续性和行为不端的处理

裁判员应严格控制比赛的进程,不允许运动员采取不正当手段来达到某种目的。例如裁判员根据自己的经验应该同意运动员擦汗、喝水及擦地等合理要求,但当认为运动员频繁要求喝水、擦汗、换球等是为了恢复体力时,可以予以拒绝(特别在比分关键时)。如果运动员没得到裁判员的允许擅自离场,至少要给以提醒或警告;在局数 1 比 1 的间歇时,如果一方运动员超过 5 分钟才到场应给以警告,迟到时间长的还可判违例。当第一局的输方在胜第二局的最后一分时报"Game",表示该局比赛结束,此时按下秒表,"5 分钟间歇"开始,在此间歇期,裁判员和发球裁判员要注意运动员在什么地方。当还剩 1 分钟时,裁判长如可能的话要在场边;在还剩 10 秒时,即使运动员还没准备好,裁判员也应要求运动员进场地开始决胜局的比赛;如果运动员不到 5 分钟时已经做好准备,裁判员也可宣报决胜局开始;如果有一方或双方 5 分钟没到场地,裁判员应根据规则第 16 条对违犯方给予警告,情况严重的判违犯方"违例"并报告裁判长(注意:只超过几秒钟的可不算)。

作为裁判长应随时环视整个场地,一旦发现有运动员与裁判员纠缠或有行为不端时,应到该场地边,准备裁判员的召唤。作为裁判员在有情况时首先要自己解决,要善于运用规则第 16 条,如运动员犯一般的行为不端可提醒他注意,程度较重时应给予警告,程度极严重时应直接判违例并报裁判长。下列行为均属行为不端:与裁判员争论不休不服从裁判员,态度粗鲁,言语不逊骂人,破坏球的正常速度,不礼貌的举止行为如握拳向对方示威、用拍击打球网、摔球拍或抛球拍等。

8. 对场上受伤情况的处理

为了能使比赛中场上发生受伤时处理得公正和便于裁判员操作,有人提出制定一个确切的允许场上进行治疗的适当时间,但在国际羽联几次讨论都未有结果。在我国全国比赛中,有时在竞赛补充规定中作出规定,允许有一次 2 分钟或 3 分钟的治疗时间。

在国际比赛中对场上受伤情况的处理方法是,一旦裁判员看到运动员因伤或抽筋停止比赛,即要开启秒表。如果运动员很快恢复,则比赛继续进行;如果超过大约 10 秒钟运动员还没准备好,裁判员也应要求运动员站好位置,继续比赛;如果运动员不能立即恢复比赛,则裁判员召唤裁判长,裁判长陪同医生一起进场,由医生区分该运动员的受伤程度,在裁判员认为不影响对方的情况下,进行短时间的简单治疗。在裁判长和医生离开场地后,裁判员宣报"继续比赛",如果运动员站好位,比赛应立即进行,如果运动员不能立即恢复做好比赛的准备,裁判员就应宣布该受伤运动员退出比赛。在比赛因伤暂停后,该运动员又因伤疼停下来时,裁判员应向其询问能否比赛,如果回答"可以",则比赛继续进行,不允许再次停顿和治疗;如果该运动员不能继续比赛,则裁判员应宣布该运动员退出比赛。

9. 关于比赛用球速度申诉的处理

比赛中运动员向裁判员提出比赛球的速度太快或太慢,而裁判员认为速度正常的话就可以要求运动员继续比赛。如果裁判员在比赛过程中也感到球的速度确实太快或太慢,就应报告裁判长,由裁判长作出裁决。如果怀疑因为场内温度起变化而引起球速快慢的变化时,可让双方按规则第 3 条试一下速度,再作出决定。

裁判长不能让运动员自己来选球的速度,而应由裁判长按规则来决定比赛用的球速。在同一体育馆内,同一时间,要用同一速度的比赛用球。

10. 考察裁判员的工作

仔细观看比赛中裁判员、司线裁判员和发球裁判员的裁判工作情况并作记录,场上发生的意外事故也要随时记录,供对裁判员作鉴定或小结或裁判长报告时用。

11. 审核裁判员的记分表

审核裁判员交来的临场记分表,裁判长自己也需作比赛结果的记录,并随时查看成绩公报,审核成绩公布是否正确。

(四)裁判长在比赛结束后的工作

裁判长在比赛结束后应写好裁判员的考核鉴定;结合裁判长报告写好竞赛及裁判小结。

(五)裁判员的职责

每场比赛由裁判长指派一名裁判员(亦称主裁判)主持比赛,并管理该场地及其周围,比赛时坐在场外网柱旁的裁判椅上,执行竞赛规则的有关条款:

●及时地宣判"违例"或"重发球",并随时在记分表上作相应的记录。

●对申诉应在下一次发球前作出裁决。

●应使运动员和观众能了解比赛的进程。

●可与裁判长磋商,安排、撤换司线裁判员或发球裁判员。

●裁判员不能推翻司线裁判员和发球裁判员对事实的裁决。

●当临场裁判员不能作出判断时,由裁判员执行其职责或判"重发球"。

●裁判员有权暂停比赛。

●裁判员应记录与规则第 16 条(比赛连续性、行为不端及处罚)有关的情况并向裁判长报告。

●执行其他缺席裁判员的职责。

●裁判员应将所有仅与规则有关的申诉提交给裁判长。

(六)裁判员的裁判工作方法

裁判员在一场比赛的工作与各时间阶段有密切的关系，为便于有条理地叙述，裁判员在一场比赛中的裁判工作可分为比赛开始前、比赛进行中和比赛结束三个阶段。其中比赛开始前又可分为进场前、进场后到比赛开始；比赛进行中可分为发球期、球在比赛进行中及死球期(发球前期)三个时间段落。裁判员的记分表记录和宣报方法是裁判员工作的重要内容，也分别予以详细叙述。

1. 进场前的工作

进场前的工作是指裁判员在接受担任某场比赛的裁判工作后到进入比赛场地的一段时间内所要做的工作。

(1)检查自己的裁判用品是否备齐(记分笔、秒表、挑边器等)，裁判服和裁判员标记是否整洁、符合要求。

(2)到记录台领取记分表，检查表中各项内容是否正确，填写好可以预先填写的项目，熟悉运动员的姓名和准确宣报姓名的发音。在国际比赛时，准确宣报队名和运动员姓名尤为重要。

(3)与该场比赛的发球裁判员见面问好，交代需要配合的工作，如提醒他准备比赛用球，带好运动员的姓名牌等。

(4)检查该场比赛的司线裁判员是否做好准备。

(5)在有要求时，召集比赛运动员列队入场。当发现有运动员未到时应立即报告裁判长。

(6)了解进场和退场的路线，在听到广播或裁判长示意后与发球裁判员(有时包括司线裁判员或运动员)一起进场。要注意，裁判员是该场比赛的组织者，从列队进场起，就应组织好该场比赛的所有运动员和临场裁判员在观众前亮相，行走要有精神，步子快慢要适当。

2. 比赛开始前的工作

（1）挑边：

裁判员最好使用一枚两边颜色不同的硬币进行挑边，先应向双方运动员交代清楚，他们各是挑边器上的哪一面(指颜色)，然后用手指将硬币向上弹起使硬币快速翻滚,落地后(也有的裁判员习惯用手掌接)看是哪一边的颜色向上,就是该方运动员赢得首先挑选权。在非正式比赛或练习比赛时,也可以利用球拍两面不同的图案、字样,将拍头着地,旋转球拍柄,在球拍落地后看是哪一面的图案向上。更简单的方法是将球向空中抛起,根据球落地时球托的指向来决定哪一方有优先选择权。下表为选择时可能的变化：

挑边的赢方先选择	挑边的输方后选择	比赛开始时的发球方
先发球	场地的一边或另一边	挑边的赢方
先不发球	场地的一边或另一边	挑边的输方
场地的一边	先发球或先不发球	决定于挑边输方的选择

双打比赛时,应问清楚在比赛开始时的首先发球员和首先接发球员,裁判员要立即在记分表上记下发球员、接发球员(双打比赛时)和比赛开始时双方的场区(在裁判员的左边还是右边)。挑边后应及时将挑边结果告知发球裁判员和记分员,使记分器上运动员的名牌能正确地表明比赛开始时双方运动员所站的场区。

（2）检查网、网高和网柱：

整个网面不能有破洞;网的两端与网柱间不能有空隙;检查网高要测量三处地方,两边的网柱高 1.55 米,网中央顶部离地面高 1.524 米。量网时注意,尺要垂直于地面、尺的刻度面要紧贴在网的白布条上才能减小误差。发现问题如自己不能解决,应立即报告裁判长,在比赛开始前予以解决。

54

(3)检查场地及其周围：

场地上有无异物,线的颜色有无缺损,场地四周两米以内不能有障碍物,运动员的备用球拍、毛巾及饮料均要放入规定的筐中,总之,整个场地要整洁有序,有利于运动员的比赛和不影响观众的观看。裁判员为扩大自己的视野,有利于控制全场,其座椅离场地边线远一些较好;但如果裁判员的一边没设边线司线裁判员,而要自己负责看球在边线的落点时,则座位就不宜太远。

(4)检查司线裁判员的座位、司线员的座位要对准各自所负责的线,特别是单打项目和双打项目交替进行时,可以在检查位置的同时与司线裁判员作配合的交流。

(5)检查运动员服装上的广告是否符合本次比赛的规定,以及双打比赛时两名同伴的服装颜色是否一致（国际羽联的竞赛规程是建议双打比赛两名同伴的服装颜色相一致),发现问题要求及时改正。

以上所有的工作应在 2~3 分钟的时间里完成,不要拖得太长,此段时间也正好是场上运动员做赛前练习和热身的时间,在完成这些工作后裁判员就可以上裁判椅准备开始比赛。

(6)宣布比赛开始(见宣报方法)。

3. 发球期的工作

从发球开始到发球结束的一段时间为发球期（详见发球裁判员）,在有发球裁判员时,宣判发球违例是发球裁判员的职责(见发球裁判员),裁判员主要是负责看接发球员在接发球时是否违例,但作为一场比赛的主持者,裁判员仍应注意发球员的发球情况,这样在解答运动员提出的申诉时,才能有自己的观点依据,才能有力地支持发球裁判员的判决,或在遇有情况特殊时可向裁判长提出自己的看法。再则,作为裁判员,要能准确判断接发球员的违例,如接发球员的脚提前移动,就一定要确切地知道发球的开始时间和结束时间,因此,裁判员在注视接发球员的同时,眼睛的余光要能看到发球员的整个发球动作。并且在发球时,发球员做了挥拍动作但未击中球为违例,将失去该次发球权,而不是重发球,这也是裁判员宣判的职责。所有这些都要求裁判员在发球员发球时,既要看接发球员,同时也要注意发球员的动作。

(1)接发球员脚违例

接发球员在接发球时,应站在规定的发球区内,任何一脚不能踩线或触线,这一情况比较容易看清和宣判,但裁判员一定是要在发球员开始挥拍发球后才能宣判。在发球员的球拍开始挥动到击中球之间的一段时间里,接发球员的任何一脚不能提起或移动,这一违例多数发生在双打比赛中。因双打比赛时,发球员大都是以发近网球为主,接发球员如果在发球员的球拍击中球前即提前向前移动,当来球刚过网时就能在高处实施扑杀,给发球员造成很大威胁。由于发球员的球拍击中球和接发球员脚的起动都是在极快的瞬间发生的,所以裁判员一定要将发球员和接发球员双方的整个动作同时收进眼底,才能作出准确的判断。当然在单打比赛的接发高远球时,有些运动员有习惯性提前后退的现象,从规则条文分析属违例,但在临场判罚中不判的居多。但如果是明显提前移动,应宣判"违例"。作为同一名裁判员来讲,对同样情况的判罚尺度应该一致,如决不能一般情况下没有判(尽管很多人对此也不会有意见),而在比赛关键时却判一个,虽然也符合规则,但这是裁判员判罚尺度不一、不公正的表现。

(2)接发球员干扰

在发球员发球时,接发球员不能以任何行动或叫喊干扰发球员的发球。比较常见的接发球干扰,是接发球员在双打比赛接发球时,站在贴近前发球线处高举并不停地晃动球拍,威胁发球员发近网球。如果单是高举球拍这是允许的,问题是不能摇晃球拍。双打比赛发球时,发球员和接发球员的同伴可以站在本方场区的任何位置,但他们都不能因此而影响对方发球员或接发球员的视线,否则就属于"干扰"违例。在实际比赛中,这种情况往往是由视线被挡的接发球员提出后,裁判员提醒发球员的同伴移动位置,不要遮挡接发球员的视线。一般来说发球方是会听从裁判员的劝告的，如不服从裁判员的劝告，就应判违例。

(3)双打比赛接发球

只有站在发球员斜对面发球区的接发球员能接发球，如果接发球员的同伴回击了发来的球，或不等球落地在空中就用拍或手将球接住，都属违例，哪怕发来的球非常明显地飞入错误的接发球区，也只能等球落到地上，才算发球出界。

(4)发球区错误(发球、接发球方位顺序错误)

对这一情况的判断与处理是羽毛球裁判工作的难点之一。如错误的发生是在发球前期，此时能及时发现错误并纠正，可免去不少麻烦；一旦球发出，裁判员就不能停止比赛来纠正错误，而一定要等成了死球后再行处理。发球区错误包括：①发球员站在错误的发球区发球，如应站在右发球区发球的，却站在左发球区发球。②发球顺序错误，是指不该轮到发球的运动员发了球，在双打比赛时，一方多了一次发球权或少了一次发球权，例如，一方失去了第一发球后本应还有第二发球，但裁判员报了换发球；一方第二发球时输了，本应换发球，裁判员却报第二发球。又如甲与乙单打比赛，4比4甲方发球胜了该球应为5比4，但裁判员误以为是乙发的球，所以仍报了"换发球4比4"，这也是发球顺序错误。③双打比赛时，接发球方顺序错误。双打比赛的接发球方只有顺序错误没有方位错误，例如，甲方从右发球区发球，此时，应该是乙1在右发球区接发球，而实际是乙2站在右发球区接发球，接发球区没错，但是接发球员错了，这属接发球顺序错误。裁判员对发球区错误的处理如下：

错误发现时间	错方胜	错方输	双方错误
下一次发球前发现	纠正错误重发球	不纠正错误直到该局完了	纠正错误重发球
下一次发球后发现	不纠正错误直到该局结束		

在实际比赛中，有些裁判员由于裁判工作方法和经验的问题，造成对场上出现的发球区错误不能及时发现或纠正，任由运动

员随时变动,使场上的发球方位和顺序处于混乱无序的失控状态。因此,正确使用记分表,并且在球发出前及时检查,发球区错误是完全可以避免的。

(5)接发球员未做好准备

发球员在接发球员未做好准备时将球发出,应判作"重发球"。但是如果接发球员已作了还击,则应认为已经做好准备。在双打比赛中,有关接发球员是否做好准备的情况比较多见,裁判员要凭自己的经验才能区分什么情况是接发球员没做好准备,什么情况是接发球员判断球将落在界外而没还击。

(6)发球员发球挥拍未击中球

遇有发球员挥拍未击中球,待球落地后裁判员报"违例"。

(7)发球球过网时擦网

羽毛球比赛发球时球擦网过网与不擦网过网一样处理。如果球擦网顶过网后落在规定的发球区内仍为有效;球擦网顶过网后,落在规定的发球区外为"界外"违例。注意,不是作重发球处理。

(8)发球方和接发球方同时被判违例

应判重发球。如:发球裁判员判发球员"发球过手违例",裁判员判接发球员提前移动"脚违例",此时裁判员应判"重发球"。

4. 球在比赛进行中的工作

从球被发出后,一直到球落地或裁判员宣报"违例"或"重发球",这段时间是"球在比赛进行中"。裁判员双眼要紧随着飞行的球以及注意整个球场及其周围的情况,根据规则及时作出判断和宣报。

(1)球不过网

球从网下过去、从网孔穿过(网上有洞没及时发现而发生这种情况)、球被夹在网孔中等均为"违例"。如果球在过网时停在网顶或过网后挂在网上,这一情况在发球时发生作为"违例",在比赛进行中发生应判作"重发球"。球从网柱外绕过网柱落入对方场内,以前的规则曾明确写明为有效，现在的规则没有文字说明这一情况，但从各有关条款分析，仍是合法还击。

(2)"界内"和"界外"

比赛中当球落在有司线裁判员分管的线附近时，裁判员一定要根据该司线裁判员的决定宣判，如果该司线裁判员没有做手势，裁判员应要求他做出手势，然后再宣判。凡球落在没有司线裁判员分管的线的界内，裁判员可直接报比分，如果是落在界外，则裁判员需先报"界外"然后再报比分。裁判员认为司线裁判员明显错误时，应再次询问该司线裁判员，裁判员不能否决司线裁判员对其本人所分管线的球落点的判定，但有责任将情况向裁判长报告，如果错误明显，有必要时可以经与裁判长磋商后撤换该司线裁判员，即使撤换了司线裁判员，对于该司线裁判员的错判仍不能更改。在许多比赛中，由于没有足够数量的司线裁判员，裁判员就需自己负责看前发球线、中线和靠近自己的一条边线，因为裁判员的视线与界线都有一个夹角，容易将界外球看成界内球，所以裁判员看球在这些线的落点时，应挪动身体尽量减小自己的视线与界线的夹角。例如，在裁判员左场区的发球员发近网球时，裁判员可将身体往右移一些，尽量使自己的视线与右场区的前发球线平行，有利于作出准确的判断。球触地面即成死球，有时接球员在球已触地后，再把球还击过去，这是一个很快的过程，裁判员一定要眼明、口快(迅速报"违例")，如果裁判员的位置过于贴近场地，是比较难判断这一情况的。所以可能的话，裁判员的座位应离场地边线稍远一些，扩大自己的视野角度，这对控制全场和判断球是否触地面都是有利的。

(3)球碰屋顶或场外障碍物

如果球场上空高度低于9米，裁判员在赛前就要了解是否有补充规定(场地高度低于9米时，竞赛组委会或裁判长可以制定补充规定，"发球时球碰障碍物第一次判重发球，第二次碰障碍物则判发球违例")，正常情况下，裁判员在看到球碰屋顶或空中的障碍物时，应立即报"违例"。球碰场外障碍物，如有司线裁判员时，由司线裁判员判定并报"界外"。

(4)球触及运动员的身体或衣物

凡球触及运动员身体的任何部分或衣服都属违例。遇有此情况裁判员应立即大声报"违例",使双方运动员能清楚地听到并立即停止击球,司线裁判员也不必再做手势。击球时球拍的框、杆、柄击中球均为有效击球。

(5)网前"阻挠"

羽毛球比赛中,当双方球员都在近网时,球员甲击球,其对手乙如果举拍企图封堵球的飞行路线属"阻挠"违例。但如若球员甲的球拍已击到球后,球员乙再举拍拦击则非但不属违例,而是高水平的快速反应。区分是否"违例",第一是看双方位置是否都在近网时,第二看举拍动作是在球拍击中球瞬间之前还是之后。

例1:某次男双比赛,由甲方李/张对乙方王/周,甲方球员李×大力扣杀,乙方还击出网前高球,甲方张×在本方一边距网约10厘米处实施扑杀,在击到球前,乙方球员王×站在前发球线前举拍紧贴网封住球的飞行路线,立即被裁判员判了"阻挠"违例。

分析:乙方王×的举拍妨碍了甲方张×的扑球动作,属违例。

例2:某次男女混合双打,甲方男队员在本方场地的前发球线附近进行扣杀,乙方女队员正站在近网处,为避免被击,举拍挡在脸前,结果将对方击来的球从拍上反弹回去,比赛继续进行。

分析:甲方男队员在前发球线处扣杀,乙方女队员的位置离得较远,举拍对他没产生影响,故不属违例。

例3:某次比赛,甲方在网前一个推球,球刚飞离球拍,乙方蹲在网下的球员迅即举拍把球挡回,乙方胜了这一球,未判违例。

分析:乙方是在甲方球员球拍击中球后再举拍的,对甲方的击球并未造成影响,故不属违例。

(6)"侵入场区"

羽毛球竞赛规则规定,"运动员的球拍或身体从网上侵入对方场区"(击球者击球后,球拍可以随球过网)或"运动员的球拍或身体从网下侵入对方场区,妨碍对方或使对方分散注意力"均为违例。因此,凡身体、球拍从网上过网的即算"违例",而身体、球拍从网下过网时要在对方受到影响时才算"违例"。

例1:某次羽毛球比赛,男子单打比赛中一名球员从后场全力奔向网前救球,挑了一个底线高球后,一只脚滑入对方场区,而此时对方球员不在网前,未判违例。

分析:对方球员接着是要退到后场还击高球故不会受到影响。不判违例。

例2:在一次女子双打比赛中,甲方一名球员击网下球勾对角时,不慎球拍脱手刚好从网下滑入对方场区,对方网前球员为之一愣,裁判员立即报"违例"。

分析,勾对角球的落点是在对方网前,对方网前球员因此而受到影响,故要判"违例"。

(7)连击

一名球员两次挥拍两次击中球或双打比赛中两名同伴连续各击中一次球,均为连击。而一次挥拍球拍框先碰球然后拍弦再将球击出属合法击球。两次挥拍两次击中球是极少产生的,但是如果击球时球在球拍上有停留或拖带现象则仍是击球"违例"。如比赛中当双方在近距离快速来回对击时,甲由于击球后握拍手的回复动作太慢球拍还贴在近身,而对方又击来追身球到甲的球拍,甲勉强还击,造成球在球拍上有停滞、拖带现象,属违例。双打比赛中两名同伴同时去击球,两只球拍相撞,而球只被一只球拍击出不算违例。

(8)球碰球拍后继续飞向该运动员的后场

在此情况下,球已不可能再飞向对方场区,裁判员看到此情况就应立即报"违例"。裁判员在执行这条规则时要注意,球碰拍后向下落时就不能在球落地前报"违例"。

(9)死球

凡球撞网并挂在网上或停在网顶;球触地;球碰网或网柱开始在击球者这一方落向地面;或裁判员报"违例""重发球"后均已成"死球"。死球后任何一方再有违例均不再判。准确掌握死球概念,对裁判员的正确宣判极其重要。如:网前扑球,球拍碰网时就要区分球落地和球拍碰网哪一个发生在先；杀球时，球拍脱手飞过球网，球落对方场内，是球拍飞过网在前还是球落地在前；击球者将球打在自己一方的网上并落向地面，而对方又不慎球拍触网，如果是球拍触网在先，球拍触网一方违例，若球拍与球同时触网也是球拍触网一方违例，如果是球已开始下落后球拍再碰网则应是击球方击球不过网违例。

(10)外物侵入场区

当球在比赛进行中有外物侵入场区（这一情况大多数是边上另一场地的球飞入本场），如果对本场地的运动员产生影响的话，裁判员应报"重发球"。

比赛中要求裁判员不能眼睛只盯住球看，而是要将自己的视野尽可能扩大，这就要求裁判员本身要有参加羽毛球活动的经验，并经常担任裁判员工作，才能对侵入场区的外物是否对运动员造成影响作出正确的判断。

(11)发生意外事故

当球在比赛进行中还未成死球时，遇有灯光突然熄灭、网柱倒下、地毯场地的接缝裂开等情况时，裁判员应宣判重发球。

5. 死球期的工作

这一时间段落虽不在比赛进行中，比赛的双方处于相对静止状态，但裁判员水平高低、控制全场能力却可在此时表现出来。

(1)记录

一旦成死球后，在记分表上立即记上比分或第二发球记号，有时需做些特殊记录。有些经验不足的裁判员往往急于先报分，并只顾眼睛看着记分表记录，而此时发球员却因裁判员已报过分就将球发出，使裁判员陷入困境和被动之中。因为忙于记录而没能顾及场上情况，对于发球员和接发球员的违例都将失控。如果是裁判员未报分，发球员将球发出，裁判员报"重发球"就显得顺理成章了。

（2）及时宣报

做完记录后,裁判员应尽快宣报比分(或换发球及比分)。发球员只能在裁判员报分后才能发球。掌握报分的时间和节奏是很有讲究的,既不能让发球员等待太久,也不要使自己处于慌乱之中,裁判员处理好记录和宣报这两项互有关联的工作十分重要。一般的顺序是,第一步先宣判哪一方胜该一回合(发球裁判员宣报发球违例、司线裁判员判决球的落点、裁判员报界外、"违例"或"重发球"等);第二步裁判员在记分表上做记录;第三步裁判员宣报比分。如果是明显的球落在界内成死球,裁判员不必宣判,就可以直接先做记录、再宣报。

（3）比分显示

裁判员要随时注意比分显示器,发现比分或发球顺序显示错误则要立即纠正后再继续比赛,如果发现错误时球已被发出,则等死球后再纠正。

（4）运动员要求换球的处理

一方球员要求换球首先应向裁判员提出,如果双方运动员都同意换球,正常情况下裁判员不应拒绝;如果只有一方要求换球而另一方拒绝换球,此时裁判员一定要先察看球,然后再作决定。如果羽毛有折断、球体明显变形就应予以更换,如果球的整体完好就应继续使用。必要时可以试球的速度有无明显改变,或飞行时是否摇晃再作决定,但通常裁判员不必试球就可作出决定。当裁判员认为运动员频繁地提出换球是为了借机喘息恢复体力,则应拒绝换球的要求。当比分处于关键时,为了避免比赛节奏被故意停顿,裁判员也可视情况拒绝运动员的换球要求,但是裁判员看到球体确实受损时,任何时候都不应拒绝运动员的换球要求。为保证比赛的连续性,不给运动员借球的机会取得休息时间,当换新球后不允许试球。在只有一方运动员提出球速太快或太慢时,裁判员可予以否定,如果双方运动员都提出球速太快或太慢,裁判员自己也感到球速有问题时,应向裁判长报告。

(5)运动员要求换拍的处理

比赛中拍弦断裂,运动员可以换拍,裁判员应接受运动员提出的换拍要求。运动员换了球拍可以允许试打一下,然后立即恢复比赛。当球在来回对击时,运动员跑到场地边换一只球拍继续比赛是允许的,这种情况在双打比赛时可能发生。

(6)运动员要求擦汗和喝水的处理

比赛中运动员需要擦汗是合理的要求,但要经裁判员的许可后方能到场地边擦汗和喝水,裁判员在同意一方运动员要求时,同时要示意对方球员。裁判员要控制运动员擦汗和喝水的时间,不能拖得太久,必要时报"比赛继续进行"以催促运动员尽快恢复比赛。裁判员应根据具体情况拒绝运动员借机恢复体力或改变比赛节奏的要求,如在对方连续得分时频繁要求喝水或擦汗,或在比赛的关键时刻提出此要求。

(7)运动员要求擦地的处理

在运动员摔倒地面有汗湿的情况时,裁判员应主动召唤擦地员擦干地面;在运动员的汗水撒落在场地较多、运动员提出要求擦地时,裁判员应召唤擦地员擦地;在场地确实有汗水的情况下,即使裁判员认为运动员有要求擦地而借机休息之嫌,也不能拒绝其擦地的要求,只是要求擦地员的动作要快些,不使比赛中断太久。

(8)遇有意外事故的处理

在此时间,裁判员要注意全场的情况,发现问题在发球员发球前及时处理,例如,场地线有缺损、场地旁的门未关有风影响比赛、网高变化等等。

(9)运动员受伤的处理

比赛时发生运动员受伤,裁判员的处理步骤是,首先问该受伤运动员情况如何,是否需要医生。如果伤情不重,比赛很快恢复;如果运动员要求医生,裁判员应举手要求裁判长进场地(裁判长将带领医生进入场地)。裁判员此时应在记分表上记下当时的比分、发球员、发球顺序和时间,并启动秒表随时向裁判长报告时间,在裁判长的协助下宣布比赛恢复进行或宣布受伤运动员退出比赛（详见裁判长工作）。

(10)运动员提出申诉的处理

运动员申诉的范围是只能就规则问题向裁判员提出申诉，裁判员应在下一次发球前对申诉作出回答，有必要时提交裁判长处理。运动员应该服从裁判员对事实作出的判决。运动员对司线裁判员所作的判决有异议只能向裁判员提出，而不能与该司线裁判员争辩，遇有争辩时裁判员应该予以制止，情况严重要按"行为不端"处理。发球员对发球裁判员所判的违例可以要求发球裁判员表明是哪一发球违例，但不能争辩，遇有争辩时裁判员也应予以制止，情况严重的按"行为不端"处理。对于运动员的申诉裁判员首先要听清楚，在国际比赛时由于语言问题更应该仔细了解运动员提出的确切意思后再行处理。

(11)运动员延误比赛的处理

发球员或接发球员在球成死球后在场上兜圈子，未经裁判员的允许离开场地喝水、擦汗等拖延时间而迟迟不做发球或接发球的准备，以此来喘息、恢复体力，这些都是破坏比赛连续性的行为。在初犯程度较轻时，裁判员应提醒该运动员注意，而不必马上予以警告，但一定要有所表示，决不可听之任之。比如，运动员在场上兜圈子时，裁判员就可报"比赛继续进行"；运动员未经许可而离场擦汗时裁判员就应对该运动员说"要离场擦汗，请先告诉我"。在裁判员提醒过后，运动员屡犯或情节严重，裁判员应执行规则第16条"比赛连续性、行为不端及处罚"的规定。裁判员还需根据具体情况灵活掌握，当比赛进行了一个很长的多拍回合后，双方运动员适当地延长间隙时间是可允许的(大约10秒钟以内)，裁判员认为比赛必须进行时，可报"比赛继续进行"来催促双方做好发球和接发球的准备。如果一方已做好准备，对方也应立即作好相应的准备，不可延误时间。

(12)运动员行为不端的处理

任何不礼貌的行为和举止都是行为不端，具体举例如下：

●故意影响改变球的速度：运动员以拍柄或肘部捅羽毛球或用手指将羽毛向外弯折使球的口径增大以减慢球速，或用手勒小羽毛球的口径以加快球速等都是故意改变球速，属于行为不端，裁判员除了按行为不端处理外，应更换新球。

●用拍击打球网：运动员对自己的击球失误或对裁判员的判决不满，以球拍击打球网来发泄自己的情绪。

●故意将球使劲打向场地：运动员对判决不满，或裁判员没有同意他换球的要求时往往有此表现。

●抛扔球拍：运动员以抛球拍或以球拍击打场地来发泄自己的情绪。这是很危险的行为，常会导致他人受到伤害。

●不礼貌动作：裁判员应该制止运动员在打了一个成功的好球后，握拳向对方示威。

●不礼貌语言：在场上对别人或对自己骂粗话都是不允许的。

●不服从判决并与裁判员无礼纠缠：运动员在裁判员对他提出的申诉作了解答后，仍拒不继续比赛。

●场外指导，除了在第一局与第二局之间和第二局与第三局之间的间歇时间外，运动员都不可以接受场外指导。当裁判员不能控制时应该报告裁判长。

对犯有以上各种行为的，裁判员应视情节轻重程度按规则予以相应的处罚。对情节较轻的予以提醒；对明显的"延误比赛和行为不端"予以警告；对已警告过又再犯的或情节严重的判违例；对判过违例又犯或情节特别严重的应再判违例并报告裁判长，裁判长有权取消违犯方的比赛资格。裁判员应将所有执行处理"比赛连续性、行为不端及处罚"这一规则的情况记录在记分表上。

裁判员召唤裁判长或对运动员正式警告的手势如图1所示。

(13)比赛暂停

裁判员是唯一有权暂停比赛的裁判。当比赛因各种原因而暂停时，裁判员应记下当时的比分及发球顺序和发球员，在有需要时启动秒表。

(14) 90 秒间歇

在第一局和第二局之间双方运动员有不超过 90 秒的休息时间，时间是当第一局最后一个球成死球时，裁判员应立即启动秒表，在此期间运动员只能在场地边休息，教练员可以到场地边对运动员进行指导。在时间过了 70 秒时，裁判员应报"×号场地还有 20 秒"，运动员应立即进入场地，开始第二局的比赛。

(15) 5 分钟间歇

在第二局比赛结束，如果双方局数为 1 比 1 时，在第二局与第三局之间，双方运动员可以有

图 1

不超过 5 分钟的间歇，裁判员的工作方法是，当第二局最后一个球成死球时，裁判员应报"第二局比赛结束"并立即启动秒表，报"×号场地 5 分钟间歇"。当时间过了 3 分钟时，裁判员报"×号场地还有 2 分钟"，并重复一至两次；当时间过了 4 分钟时，裁判员报"×号场地还有 1 分钟"，如果运动员还未回到场地边，裁判员也应重复报一至两次。在"5 分钟间歇"这段时间内，运动员可以离开场地休息，但裁判员要注意双方运动员的去向，在间歇时间还剩 2 分钟时，运动员应该回到场地边，如果运动员没有在此时出现在场地边，裁判员可请发球裁判员或裁判长协助召唤运动员。当间歇时间只剩 1 分钟时，运动员应立即进入场地准备开始第三局的比赛。要注意是不超过 5 分钟的间歇，而不是一定要休息满 5 分钟，如果时间还未到，但双方运动员已做好第三局开始的准备，那么裁判员就可以宣报第三局比赛开始。所以在不超过 5 分钟间歇的这段时间里，是运动员"5 分钟间歇"，而不是裁判员的"5 分钟间歇"。在此时间内，该场地的所有裁判人员都不能离开场地，裁判员仍应坐在裁

判椅上,做第三局比赛的准备工作,如检查场上比赛球的数量,记分表余下的空格是否够用,让司线裁判员站起来活动放松一下等等。如果裁判员此时需要喝水,可请发球裁判员帮忙。

(16)交换场区

羽毛球比赛第一局结束时,双方需交换场区进行第二局的比赛;如果局数打成一比一时,在第三局开始前双方也应交换场区;在第三局比赛中,当领先一方得分数到 8 分(15 分为一局的比赛)或 6 分时(11 分为一局的比赛)双方应再次交换场区。裁判员宣报交换场区后,要提醒运动员要好各自的备用球拍和其他物品,并要注意运动员姓名牌和记分显示是否也作了相应的方向变动。如果裁判员和运动员都忘了在规定的时间交换场区,在一经发现后应立即交换,所得分数有效。

6. 比赛结束后的工作

当一场比赛最后一个球成死球后,裁判员应在记分表上写下最后一个得分数,然后宣布比赛结果(所有每一局的比分)。裁判员宣报比赛结果时要抬起头,声音响亮、清楚,节奏适当。要避免一边宣报一边与运动员握手。当比赛结束时,采用适当的方式对发球裁判员和司线裁判员的合作表示感谢。在国际大赛中,裁判员在走下裁判椅前要坐在椅子上对发球裁判员和司线裁判员说"Thanks service judge Thanks line judges"(谢谢发球裁判员,谢谢司线裁判员),也有站在场地边与所有该场比赛的裁判人员一一握手致谢的。裁判员不要在与双方运动员握手后继续坐在裁判椅上填写记分表,因为其他裁判人员都在等你一起退场,在离开场地后,裁判员就可仔细将记分表填写完整及时交裁判长审核后交记录台。

(七)比赛时裁判员的宣报方法

羽毛球裁判员的宣报是执行裁判工作的重要一环,运用竞赛规则的标准术语进行宣报，能清楚地表达比赛的情况和裁判员的判决。掌握正确的宣报方法是比赛得以顺利进行的重要保证，裁判员的宣报应声音响亮、果断并带有权威性。因为羽毛球裁判员的宣报即是裁判员对每一个球胜负的判决，音量大小的控制变化与比赛场的环境要能协调配合，宣报速度需要有节奏的变化，特别是在关键时刻，裁判员发现运动员球拍过网击球、球拍碰网、连击、球碰地后被运动员还击、球擦运动员的身体或衣服等情况时，更是需要果断、迅速地宣报"违例"。

1. 宣报比赛开始

在正式宣布比赛开始前，裁判员应报"停止练习"，此时让双方运动员做好正式比赛的最后准备。每次比赛由裁判长决定比赛开始时的介绍和宣报的方式（采用完整形式或简单形式），一般地说都是采用简单宣报形式，只有在半决赛或决赛时会采用完整宣报形式。裁判员在宣报时，应该抬起头，声音清晰响亮，使运动员和观众都能听清楚。在介绍运动员姓名时，要以右手或左手指向相应的一方，不要造成当裁判员的手指向一方时，该场区的运动员还在场外。一定要在双方运动员都站好位做好发球和接发球的准备后，再报"比赛开始，零比零"（love all play）。

2. 比赛中的宣报

（1）比分和换发球

任何时候都应将发球方的分数报在前面；在换发球时，要先报"换发球"接着报比分，而且要将新的发球方的分数报在前面。例如：甲与乙比赛，甲以 5 比 3 领先，甲又发球并胜了这一回合，裁判员就直接报分"6 比 3"，甲在接着的一个回合输了，裁判员应报"换发球，3 比 6"。双打比赛时，当发球方失去第一发球后，裁判员在每次报分后都要紧接着报"第二发球"。例如：当比分为 8 比 5 时，发球方输了这一回合，裁判员应报"8 比 5 第二发球"，接着发球方胜,得了一分,裁判员应报"9比5第二发球"。发球方再胜就报"10比5第二发球"……凡是当双打比赛的发球方是在第二发球时,每次报分后都要接着报"第二发球"直至换发球。

(2)界外

球落在有司线裁判员分管的线的界外时,由该司线裁判员负责报"界外";球落在没有司线裁判员分管的线的界外时,裁判员应先报"界外",然后接着报比分或换发球和比分,注意,此时是要将新的发球方的分数报在前面。

(3)违例

无论比赛中出现何种违例,裁判员都应立即报"违例",然后报比分或换发球,在运动员询问或必要时作出解释,是什么违例。

(4)重发球

在比赛场上出现需要判重发球的情况时,裁判员应报"重发球",接着将比分再报一次,一是强调比分不变,二是比赛继续,发球员可以发球了。

(5)比赛暂停

有意外事故发生或有运动员不能控制的情况,裁判员可宣报"比赛暂停"。在恢复比赛时,裁判员宣报"继续比赛",同时报当时的比分。

(6)加分赛

当比分出现10平(女子单打)或14平时,裁判员应问先得10分或14分的一方"你要加分吗",如果回答不加分,就要报"不加分,局点10比10(或局点14比14)";如果回答要加分,裁判员应报"比赛至13分(女子单打),或比赛至17分(男子单打)"。

(7)局点

当一方运动员再得一分即胜该局比赛时,裁判员在报比分前要加报"局点"。

例如:甲与乙的男子单打比赛,比分13比9,甲又得了一分,裁判员此时应报"局点14比9"。但只有一方第一次出现此情况(加分再赛后出现该情况)时需报"局点"。在上例中如果报了"局点"后甲方并未胜这一回合,换发球后在 12 比 14 时甲又夺回了发球权,此时裁判员只报比分"换发球 14 比 12";如果此后乙方追了上来比分成 14 比 14,甲方没要求加分赛,因此乙方只要得一分就可胜该局,裁判员应报"局点 14 比 14";甲方选择加分赛,某方先得 17 分胜该局,到了有一方得分数为 16 时又要在比分前加报"局点"。

(8)场点

在一方运动员再得一分即胜整场比赛时,裁判员在报比分前要加报"场点",方法与报"局点"相同,只是将"局点"改为"场点"。第一局的胜方在第二局到了局点时,应报"场点",第一局的负方在第二局只有"局点"没有"场点"。而在决胜局时,双方都只有"场点"没有"局点"。

(9)90 秒间歇

在第一局比赛结束时,裁判员应宣报"第一局比赛结束×××胜,××比××,交换场地。当时间过了 70 秒时,裁判员要宣报"×号场地还有 20 秒",此时运动员必须立即进场准备开始进行第二局的比赛。

(10)5 分钟间歇

在比赛局数成 1 比 1 时,裁判员宣报"×号场地 5 分钟间歇",当时间过了 3 分钟时,裁判员宣报"×号场地还有 2 分钟",当时间过了 4 分钟时,裁判员宣报"×号场地还有 1 分钟",此时运动员应立即准备开始第三局的比赛。在宣报时间时,裁判员可以根据场上的情况,如果有运动员不在场地边,就应该重复宣报以示提醒,反之则不必重复宣报。

(11)警告

当运动员违犯规则第 16 条,裁判员在执行此规则时,应举起右手,召唤该运动员走到裁判员前,裁判员报"警告×××(该运动员的姓名)行为不端",再犯时报"违例×××(运动员姓名)行为不端"。

(12)一局比赛结束

在一局比赛最后一个球成死球后,裁判员应报"第一局(或第二局或第三局)比赛结束××胜,××比××(比分)"。如:"第一局比赛郑小锋胜,15比4"。

(13)一场比赛结束

在一场比赛结束时,裁判员应报胜方姓名(团体赛时报队名)和所有局数的比分(两局或三局)。如:"比赛结果郑小锋胜,3比15、15比8、17比16"。

3. 英语宣报方法

羽毛球裁判员英语宣报的详细术语和用语见羽毛球竞赛规则的第四章,这里主要介绍裁判员在使用英文宣报与中文宣报的不同之处。

比赛开始:报"Love all play",相当于中文报"比赛开始,0比0",这里的"Love"意思为零。

比分的宣报:当每局比赛开始后,发球方得分,中文报"1比0",英文报"One – Love",中文的宣报是在两个分数间有个"比"字,而英文只需报双方的得分数,但是在两个分数间有一个明显的停顿,使双方运动员和观众都能清晰地听清比赛双方各自的得分数,在报后一个分数时一般都采用降调。

换发球:中、英文的报法次序相同,在发球方失去发球权后裁判员先报换发球接着报双方的得分数,也是将发球方的分数报在前面,如"Service Over Love – One"。

第二发球:在双打比赛中,凡发球方是第二发球,裁判员在报比分后也都应报第二发球"Second Server",例如"Six – Three、Second Server"。

局点:中文在宣报局点时是先宣报"局点"然后是双方的比分,例如"局点14比6",而英文是将局点"Game Point"报在两个比分的中间,如"Fourteen Game Point Six"。"场点"英文是"Match Point",宣报方法与局点相同。

一局比赛的结束：当一局比赛最后一个球成"死球"后，裁判员应立即报"Game"接着报"Game Won By×××（胜方姓名）Fifteen-ten"。

（八）比赛时的记分方法

羽毛球比赛时，裁判员需自己在记分表上做记录，一张完整的记分表应该反映出该场比赛所属竞赛的名称、比赛双方运动员姓名、队名、组别、位置号、比赛项目、阶段、轮次、日期、时间、地点、比赛场地号、比赛开始时间、比赛结束时间、裁判员姓名、发球裁判员姓名、每局比赛开始时的发球员和接发球员。随着比赛的进行，通过记录随时可以了解当时的比分、发球接发球的方位、顺序和发球员、接发球员。记分表的最后一行是胜方的队名或运动员的姓名、整场比赛的比分，以及裁判员和裁判长的签名。从一张填写完整的记分表上还可进行数据统计，如该场比赛总共打了多长时间，多少个回合，有几次打成平分，在什么时候有多少次发球未得分及有否违犯规则第 16 条的记录等等。

1. 比赛前的准备工作

裁判员从记录台领取记分表后，先应逐一检查各项内容，并填写能事先填写的项目。挑边后，在发球方的记分空格的第一格画0，双打项目还需在开局时发球方的发球员姓名后的小格内写 S（意即 SERVER 发球员），在开局时接发球方的接发球员姓名后的小格内写 R（意即 RECEIVER 接发球员）。还应将发球方在开局时所站的场区以裁判员座位为准标明左或右。

2. 单打记分

比赛开始后随着比赛的进程，无论单打或双打比赛裁判员在每个球成死球后都应在表上做相应的记录。如羽毛球记分表(一)所示:"羽协杯"女子单打,比赛代号"201",由黄×对李×,在淘汰表上的位置号分别为"2"和"3",比赛开始时由黄×发球,在记分栏黄×一行的第一个空格先写上"0",首先发球员黄×发球后如果胜了这一回合,就得一分,裁判员应在黄×"0"右边的一个空格内写上"1",黄×继续发球后,如果连胜就连得分,裁判员应依次在相邻的右边空格内填写得分数,直至输了一个回合就换由对方李×发球。这时,裁判员应在黄×最后一个得分数"4"后一个空格相对应的李×一行的空格里写上"0",表示此时已换由李×发球。同样李×每胜一个回合就得一分。如果李×发球输了,又换成该局开始时的黄×发球,裁判员必须在李×的最后一个得分数后一个空格黄×的一行里重复写上黄×前面最后的得分数"4"。这样可以看出,在同一局里黄、李双方的得分数没有一处是上下重叠的,裁判员也很容易地从记分表上看到,最后一个分数在哪一行,哪一行的运动员就是当时的发球方。如果该局比赛有"加分"的话,就应在"10"(女子单打)或"14"(除女子单打外的其他以15分为一局的项目)做个记号,表明是选择了"加分"。在一局比赛结束,应上下写上最后比分,并在分数外画个圈。第二局比赛开始应该另起一行比较清楚。整场比赛结束写上胜方姓名或队名,团体赛可以只写队名,在表上方的运动员姓名之间的三个空格中填写每局的比分,在最下一行比分,要将胜方的分数写在前面。不要忘记填写比赛结束时间,因为如果该场比赛的某运动员下面还有比赛的话,裁判长将以该场的结束时间为依据,给该运动员以合理的休息时间。同时也可通过对每场比赛时间的统计,为今后的竞赛编排提供数据依据。最后,裁判员在记分表上签名后交裁判长审核。

3. 双打记分

双打比赛的记分方法与单打基本相同,只是在发球方失去第一发球权时,在发球方最后一个分数的数字上方画个点或画个

×表示已是第二发球,这清楚地向裁判员提示,如果发球方再输就应换发球了。当发球方是第二发球时裁判员每次报比分后都加报"第二发球",记录和报分两者相配合,裁判员就不容易犯发球顺序错误了。羽毛球记分表(二)是一张男子双打比赛的记分表,比赛代号是"304",王×和李×,在淘汰赛表上的位置号是"7",施×和张×的位置号是"8",第一局比赛由王×先发球,张×接发球,第二局由李×先发球,这是规则允许的,在第二局的14平时,裁判员在14分后画了一个"△",表明施和张选择了加分赛,最后施和张胜了第二局。第三局开始,是由张先发球,该场比赛结果是王和李以15比5、15比17、15比5,局数2比1胜,比赛从19:00进行到19:50共50分钟。为避免差错,大多数裁判员习惯在胜方的姓名上画个圈作为记号。

(九)发球裁判员的职责

发球违例的宣判是羽毛球临场裁判工作中的难点,经常容易引起比赛双方的争议。做好发球裁判员的工作基础是对羽毛球竞赛规则中有关发球条款有正确的理解要有扎实的理论基础,并对规则的细节和精髓要能结合实际并正确运用。为此,在临场执裁中必须做到以下三个一样:对任何运动员(有名与无名、高水平与低水平、熟悉与不熟悉)的"发球违例"判罚都是一样的尺度;从一场比赛的开始到结束都是一样的尺度;双方比分悬殊时和双方比分接近时都是一样的尺度。

发球裁判员通常坐在裁判员对面网柱旁的矮椅上,使视线基本与发球员的腰部持平;根据需要也可以坐在裁判员同侧;在视线被挡而不能看清发球员的发球动作时可以挪动身体位置直至能看清发球员的发球动作为止。

1. 宣判发球员在发球时的违例

当看到并肯定发球员发球违例时,立即大声报"违例",并使用发球裁判员五个手势中相应的一个手势表明是何种发球违例,裁判长和裁判员都不能否决发球裁判员作出的判决。

2. 协助裁判员检查场地和器材

进场地后,协助裁判员检查网的高度、记分显示及暂停标志等。

3. 协助裁判员管理羽毛球

裁判员决定是否换球,只有在裁判员示意换球时,发球裁判员才将新球换给运动员,要注意将新换的球交给发球员,而不要给接发球方,以免延误比赛时间。当运动员离发球裁判员较远、发球裁判员需将球抛给运动员时,要注意不能将手举起从高处掷向运动员,因为这是不礼貌的。正确的方法是用手心和四个手指托着整个羽球,拇指放在球心中央,球托向前,从下向上的方向将球抛向运动员。经过练习,使用这种方法可以将球准确地抛到较远的距离。

4. 放置暂停标志

在局数成 1 比 1 时,根据裁判员的决定,放置暂停标志在场地中央网底下;当裁判员示意时,再撤出暂停标志。

(一〇)"发球违例"的判断

羽毛球竞赛规则第 9 条"发球"详述了什么是合法发球,也就明确了什么是"发球违例",在判断是否"发球违例"时,首先要掌握"发球时间"的概念,因为所有发球员的"发球违例"只发生在"发球

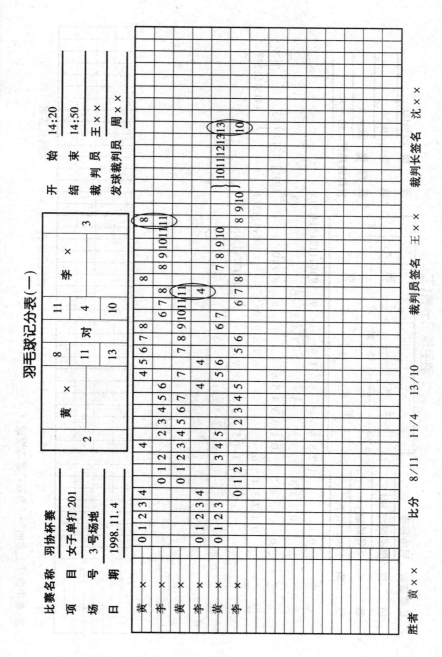

羽毛球记分表（一）

比赛名称	羽协杯赛
项　目	女子单打 201
场　号	3 号场地
日　期	1998.11.4

	黄　×		8	11	李　×		3
		对	11	4			
2			13	10			

开　始　14:20
结　束　14:50
裁　判　员　王××
发球裁判员　周××

黄 ×	0	1	2	3	4			4	5	6	7	8		8				
李 ×						0	1	2	3	4	5	6	7	8	9	10	11		8
黄 ×	0	1	2	3						7	8	9	10	11				
李 ×				4	5	6	7							4				
黄 ×	0	1	2	3				5	6	7	8	9	10					
李 ×					4	5	6	7	8	9	10							

比分　8/11　11/4　13/10

胜者　黄××　　　裁判员签名　王××　　　裁判长签名　沈××

77

羽毛球记分表（二）

比赛名称	羽协杯赛
项　目	男子双打 304
场　号	2号场地
日　期	1998.11.7

		15	对	5	施　×	8
王　×		15		17		
李　×	7	15		5	张　×	

开　始　19:00
结　束　19:50
裁　判　员　朱××
发球裁判员　徐××

胜者　王×/李×　　　比分　15/5　　15/17　　15/5

裁判员签名　朱××　　裁判长签名　周××

注：表中数字上方的"·"为双打第二发球。

时间"里。

发球时间：当发球员和接发球员双方做好发球和接发球准备后，发球员球拍的拍头第一次向前挥动(发球开始)，直至发球员的球拍击中球或未击中球球落地(发球结束)为止的一段时间。以下为如何判断"发球违例"。

1. 发球脚违例

在整个发球时间里，发球员的任何一脚踩线、触线或移动均属违例。当发球员准备开始发球站好位置时，发球裁判员就应该注意发球员的任何一脚是否踩线、触线，如果有的话此时还不能宣判，因为发球并未开始，一旦发球员的球拍开始向前挥动，发球裁判员不必等到球被击出就应立即宣报"违例"。有些发球员喜欢发球时站位贴近中线，在开始挥拍时脚并未触线，但随着挥拍动作，后脚部有一个旋转致使有半个脚明显踩在线上，这也是"发球脚违例"。也有的发球员习惯在站好位置后，前脚向前跨出一步后再挥拍，这不应看做是脚移动，因为发球并未开始，而一旦发球员的球

图 2 "脚违例"的裁判员手势

拍开始向前挥动到发球结束,在这一段时间里,发球员的任何一脚有离地或拖动就是"发球脚违例"。发球裁判员宣判发球脚违例时的手势是:用右手指向自己向前伸出的右脚(图2)。

2. 发球未先击中球托

发球时球拍与球的最初接触点不在球的球托上,也就是说,球拍先击中球的羽毛部分或同时击中球的羽毛和球托都为不合法,这条规则的主要作用是限制发球员发旋转飘球。发球时,发球裁判员要注意仔细观看,球拍与球的最初接触点是否只在球托上,实际上有时这是非常困难的,所以发球裁判员要借助于观看发出球的飞行状态来帮助判断。如果球拍明显是先击中羽毛,应判发球违例无疑。如果从观察中不能非常肯定是否先击中球托,那么发出的球飞行中带有旋转、翻滚就可判违例;如果发出的球飞行弧线正常,就是合法发球了。但要注意,如果发球时明显先击中球托,但发出的球飞行时带有旋转或翻滚,则不能判违例。发球裁判员宣判发球时"未先击球托"的手势是:以左手五个手指做成羽毛球的形状,以右手手掌代表球拍的拍面,然后以右手手掌去轻擦左手指尖,表示球拍先击在羽毛上(图3)。

3. 发球过腰

发球时,当球拍击中球的瞬间,球的任何部分高于发球员的腰部为"发球过腰"。这一规则规定主要是不让发球员在高击球点将球平击过去,造成对接发球员的威胁。判断球的任何部分是

图3"未先击球托"的裁判员手势

否过腰，首先要知道腰的部位，从人体解剖分析，腰部是从第一腰椎到第五腰椎组成，而第一腰椎大约相当于人体最低一条肋骨，当击中球的瞬间，球的任何部分如果高于最低一条肋骨的水平延长线，应认为是过腰了（过去曾有过在羽毛球比赛时，要求运动员将上衣下沿塞进裤腰里，然后以裤腰为界来判断发球是否过腰，结果造成运动员故意将裤腰束高，以此提高击球点的弊病）。发球过腰违例，一定是在球拍击中球瞬间才会产生，这里有两种情况值得注意：一种是

图4 "发球过腰"
违例的裁判员手势

发球员已经开始挥拍，且球也已离开发球员的持球手，而这时球在远高于发球员腰部的空中，这不属于违例；另一情况是，发球员准备发球和挥拍的开始阶段，球保持在低于发球员的腰部，而当快要击中球时，发球员将球迅速上提，在球体超过腰部的高处将球击出，这是明显的发球过腰违例。发球裁判员在宣判发球过腰违例时的手势是：右手抬起，超过腰的高度，肘关节弯曲，前臂平放在身体胸前（图4）。

4. 发球过手

发球时，当球拍击中球的瞬间，发球员球拍的拍杆没有指向下方，使得整个球拍拍头没有明显地低于发球员的握拍手部（习惯称"发球过手"）。这一规则规定主要是不让发球员用垂直于地面的平拍面发出进攻性的平射球，而是要求发球员的球拍面只能以向上的方向将球击出，使球以向上的弧线越过球网。判断这一违例时

要掌握三个方面：一是球拍击中球的瞬间；二是球拍一定要明显低于发球员的手部；三是如果发出去的球飞行弧线是平的射向接发球员的话，判发球"过手违例"不会有错，这一点最为重要。在此要注意，发球员发出的高弧线向上飞行的球是不可能"过手违例"的，遇此情况判发球"过手违例"肯定是错误的，而在发出向上高弧线飞行的球时"过腰违例"是有可能的。发球裁判员在宣判发球过手违例时的手势是：右手弯曲，前伸抬起在胸前，手掌代表球

图5 "发球过手"
违例的裁判员手势

拍的拍头，高于整个前臂，表明球拍的拍头高于握拍的手部（图5）。

5. 延误发球

发球员的挥拍不是一次性连续向前将球击出(习惯称"发球假动作")。发球员在开始向前挥拍后又改变挥拍方向，或在挥拍的过程中有停顿使对方受骗，这些均属发球违例。在实际中较多见的情况，一是发球员向前挥拍中途突然停住，接发球员以为是发近网球而身体重心向前，但发球员又突然手腕一抖将球发向对方后场，使接发球员受骗。还有就是发球员在准备发球时，将球拍不停地抖动，幅度有大有小，在对方无备时将球发出。这些都应判作"延误发球"违例，发球裁判员宣判"延误发球"的手势是：以右手做不连续的发球挥拍动作(图6)。

图 6 "延误发球"违例的裁判员手势

(一)发球裁判员的裁判工作方法

1. 发球裁判员的视角

从发球员准备发球开始直至发球结束,发球裁判员一定要面向发球员,精神集中、全神贯注地正视发球员,让发球员、接发球员以及所有在场的其他人员意识到,发球裁判员正在认真地履行职责,这样发球裁判员作出的判决才能让人信服。

2. 发球裁判员的宣报时间

发球是一个相当快的过程,而发球员的故意违例又往往带有偷袭性,更是发生在一瞬间,发球裁判员如果宣判稍慢,就几个来回过去了。所以发球裁判员在发球员发球时,时刻都要准备报"违例"。一旦发球裁判员宣报发球"违例",一定要声音响亮,让裁判员和运动员都听到。如果裁判员没听到，比赛还在进行，发球裁判员可以站起来，再次大声宣报，直至裁判员报"发球违例"。

3. 发球裁判员的手势

在宣报发球违例和做手势表明是何种发球违例时，发球裁判员一定要面向发球员，在发球员询问是何种违例时，发球裁判员应果断地再次重复违例的手势，不应回避。

4. 严格控制发球违例

从比赛一开始时，只要发现有发球违例就一定要果断地予以宣判，只有这样才能控制住发球员的发球。否则，当比赛进行到比分接近或关键时刻出现发球违例，发球裁判员此时再判发球违例，就会显得前后尺度不一致，如果不判，双方的发球违例将失去控制，发球裁判员也就陷入极度的被动。有的发球裁判员对发球员的多次发球违例是否能判感到疑惑，这是错误的，应该是凡是能肯定的"发球违例"，都必须毫不犹豫地予以宣判，否则是对接发球员的不公正。

5. 如何掌握判罚"发球违例"的尺度

羽毛球竞赛规则对发球员发球时的种种限制，其主要精神是不让发球员在发球时取得便利，但在条款执行中也还是有难度的，譬如发球时，"当击中球的瞬间球的任何部分必须低于发球员的腰部"，腰部没有一条明显的判别界线，而运动员的衣服又遮着腰部，所以发球裁判员在判断发球是否"过腰违例"时，也是根据自己的感觉和经验。下表可供发球裁判员在实际临场裁判时参考。

发球违例明显		发球违例不明显	
对对方有威胁	对对方无威胁	对对方有威胁	对对方无威胁
判违例	判违例	判违例	不判违例

对上表的理解，只能是裁判员自己在对发球员发球时的动作是否违例有疑惑时掌握，而不能以发出的球有无威胁来作为判断的标准，对于运动员在对发球的判决提出申诉时，裁判员的回答只能是"违例"或"不违例"，而不能回答"此发球有威胁"或"此发球无威胁"。

6. 公平判罚不搞平衡

千万不要在判发球违例中搞平衡。如果在判了一方发球违例后，就一定找机会也判另一方发球违例，以此做到两边都不得罪。这一做法既是两边不讨好，又显得裁判水平低。

发球裁判员的裁判水平是衡量一名羽毛球裁判员业务水平高低的重要方面。作为合格的发球裁判员，既要有竞赛规则的理论基础，又要有丰富的临场经验；既要有优秀的道德品质修养，又需具备良好的心理素质。这些是羽毛球裁判员晋升和考核的一个重要内容。

(一二) 司线裁判员的工作职责与方法

1. 司线裁判员的职责

司线裁判员专门负责察看球在他所负责的线附近的落点，并以规定的术语"界外""界内"以及"视线被挡"三个手势进行宣判。

2. 司线裁判员的人数和位置

每场比赛的司线裁判员数目可以有不同，一般为 3 ~ 10 名，常用的有三人制、四人制、六人制和十人制 (国际羽毛球大奖系列赛的司线裁判员至少 4 名)。司线裁判员应坐在对准他所负责的线的延长线的矮椅上，最好能距场地周围界线 2.5 ~ 3.5 米 (双打比赛时负责端线的司线裁判员，应坐在边线外的端线与双打后发球线之间),一名司线裁判员只能负责一条线(只有双打比赛时,负责端线的司线裁判员在发球时要负责双打后发球线)。凡没有安排司线裁判员的界线,都由裁判员负责。不同数目司线裁判员的位置及分工如下:

(1) 有 3 名司线裁判员,两名分别负责两条端线,最好面对裁判员,余下一名负责裁判员对面的一条边线。

(2) 有 4 名司线裁判员,两名分别负责两条端线,另两名分别负责两条边线(是包括网两边的整条边线)。也有另外一种方法,即负责边线的两名司线裁判员, 是同时负责裁判员对面的一条边线,两人各自只看本方场区到网的一段边线,这样,裁判员一边的边线就由裁判员自己负责了。现在采用前一种方法的居多。

(3) 有 6 名司线裁判员,两名分别负责两条端线,另外 4 名各负责半条边线。

(4) 有 8 名司线裁判员,在 6 名司线裁判员的安排基础上,另两名分别负责两条前发球线。

(5) 有 10 名司线裁判员,在 8 名司线裁判员安排的基础上,另两名分别负责两条中线。

司线裁判员的位置分配如下图所示:

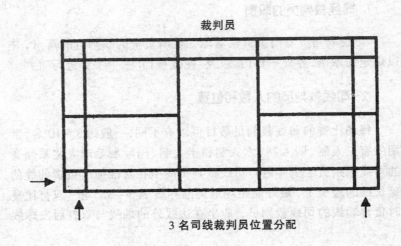

裁判员

3 名司线裁判员位置分配

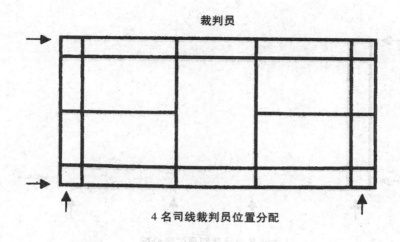

4 名司线裁判员位置分配

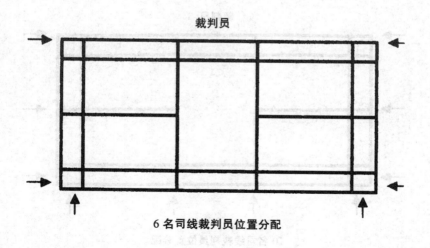

6 名司线裁判员位置分配

裁判员

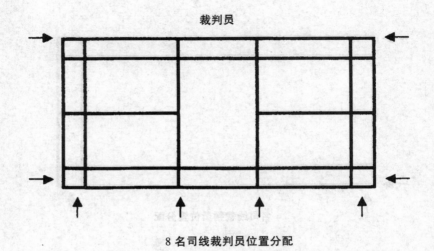

8 名司线裁判员位置分配

裁判员

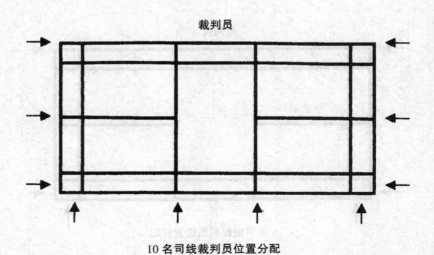

10 名司线裁判员位置分配

3. 如何判断"界内"和"界外"球

羽毛球竞赛规则中规定："所有场地线都是它所确定区域的组成部分""羽毛球应有 16 根羽毛固定在球托部"。依据这两条规定，只要球任何部分的最初落地点是在此时该球应落的有效区域（发球区或场区）的线上或线内，即为"界内球"。如单打比赛时，发球员从右发球区发出球，凡球落在对方场区的右发球区的界线上及线以内均为界内球。

4. 司线裁判员的工作方法

（1）界内：球落在他所负责的线的界内，只伸出右手指向他所负责的线，不宣报（图 7）。

（2）界外：无论球落在他所负责的线的界外多远，都应立即做出两臂向两边平伸的手势，在这同时高声报"界外"（图 8）。

（3）视线被挡：司线裁判员的视线被运动员挡住，没能看到球

图 7　司线裁判员的"界内"手势　　　图 8　司线裁判员的"界外"手势

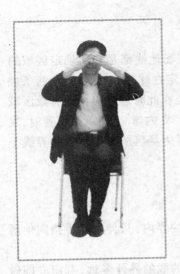

图 9　司线裁判员的"视线被挡"手势

的落点，此时应举起双手遮着双眼，以向裁判员表示自己的视线被挡，不能作出判决（图 9）。

5. 球碰球拍或衣服、身体后落界外的判决

球碰运动员身体、衣服或球拍后出界，应由裁判员宣判，如果裁判员要求司线裁判员给手势时，司线裁判员只就球的落点做出"界内"或"界外"的手势。不要示意此球是否碰运动员的身体、衣服或球拍。

6. 做好司线裁判员的条件、要素和技能

司线裁判员的工作虽相对简单，但对比赛的顺利进行及提高比赛裁判工作质量都是非常重要的。为此应做到以下几点：

（1）熟悉羽毛球运动，最好有打羽毛球的经历。

（2）身体健康，精力充沛，坐姿端正、自然。注意力集中。

（3）能不受运动员的影响和外界的压力，坚持自己的判断，在球的落点非常接近线的情况时，司线裁判员的手势更是要快、要坚决果断，犹豫不决或迟缓的手势都会引起运动员和观众的怀疑，特别是判落在司线裁判员座位本方场区非常接近界线的界内球时，很多时候本方场区的运动员会走向司线裁判员表示不满或对判决有争议，此时，该司线裁判员可再次重复"界内"的手势。有些运动员是想以此方法来影响司线裁判员的判决。作为一名有丰富经验的司线裁判员，既不要受此影响使以后的判决倾向于该运动员，但也不可意气用事，故意将界外球判成界内球与该运动员作对。

（4）随时要保持与裁判员的配合，在宣判时声音洪亮，手势清楚稍作停留，眼睛注视裁判员，待裁判员看到后再收回手势。

（5）有时球明显落在界内，司线裁判员没做手势，这是正确的，但司线裁判员仍应看着裁判员，因有可能裁判员的视线被挡，一旦裁判员报"司线裁判员请给手势"，司线裁判员应立即打出"界内"的手势。

（6）当球落在后场端线与边线的交接处附近时，负责端线和边线的两名司线裁判员没有必要为互相配合来做出相同的手势。如果作出不同的判决，这并不矛盾，因为是各人只判断球在自己负责一条线附近的落点是界内还是界外。只要两名司线裁判员中有一名判"界外"，这球就是"界外"无疑了。

图10所示为不同位置的司线裁判员其视线情况。

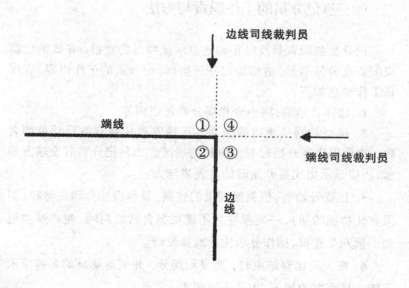

图10

注:

球的落点①应是在端线"界外",但边线司线裁判员看却是在边线的延长线内。

球的落点②无论在边线裁判员和端线裁判员看都是"界内"球。

球的落点③应是边线"界外",但在端线裁判员看却是在端线的延长线以内。

球的落点④无论在边线裁判员和端线裁判员看都是"界外"球。

(7)司线裁判员一定要集中注意力,看自己场地的比赛,千万不能看其他场地的比赛,疏忽漏球是一瞬间的事,后果严重。有了一个错误将会给自己心理造成压力,处理不当,就会接连犯错误。

(8)在一场长时间的比赛,当局数为1比1时,司线裁判员应该站起来,原地舒展一下身体,使精神得到放松,在第三局比赛开始时也可轮转座位,改变视角的景观,减轻疲劳。

(一三)记分员的工作职责与方法

记分员的职责是及时正确地显示裁判员的宣报。正式的比赛应配备比分显示器,由临场记分员操作,记分员的工作内容、程序和工作要点如下:

1. 比赛开始前,将小分和局分都还原到零。

2. 根据裁判员挑边的结果,正确安放比赛双方运动员的名牌,指示出比赛开始时双方所站的场区。如果记分器有发球方显示,还应显示出比赛开始时的首先发球方。

3. 比赛开始后,根据裁判员的宣判,显示出比分和发球权(如果有此功能的话),一定要注意不能根据自己的判断,喧宾夺主地先于裁判员宣报,操作显示比分或换发球。

4. 在一局比赛结束时,要显示局分,并使运动员的名牌指示下转一局双方的场区,小分还原到零。

5. 第三局比赛交换场区时,也应及时改变运动员名牌指示方向。

6. 整场比赛结束，先显示出最后的比分和完整的局分；在取下运动员名牌后，将记分器显示还原到零后再离开场地。

五、羽毛球竞赛场地设施、设备器材和裁判用品

(一)羽毛球比赛馆的设施

羽毛球比赛场馆的设施应根据比赛的级别要求进行布置。

1. 运动员休息室

男女要分开,运动员一般都是在休息室更衣。

2. 裁判员休息室

在每节比赛开始前,裁判长召开裁判员赛前准备会和比赛时轮休的裁判员在此休息。因羽毛球比赛的时间较长,所以国际比赛常在休息室中备有茶水、咖啡和一些点心。如果条件许可,比赛场地的广播应连接到运动员和裁判员的休息室内,使运动员和裁判员在休息时即可随时了解比赛的进程。

3. 贵宾休息室

供举行会议或领导、特邀来宾休息。

4. 医务室

除常规医务药物外,还应准备一些急救医务用品,如氧气袋、骨折固定物等。

5. 兴奋剂检测室

应附有洗手间,备有桌子、椅子、大量饮用水和放置尿样的冰箱。

6. 厕所

从球场到厕所的距离尽量不要太远。

7. 新闻中心

根据需要和可能设置最方便快捷的通讯设备,大型比赛需设新闻发布会议室。

8. 快餐小卖部

羽毛球比赛时间较长,根据比赛情况供应各种快餐及饮料。

(二)球场

羽毛球比赛是在室内体育馆进行的, 场地上空的高度至少9米,理想高度12米(奥运会羽毛球比赛、汤姆斯杯和尤伯杯的决赛阶段比赛、苏迪曼杯赛以及世界羽毛球锦标赛等必须在12米以上),场地表面一般都是木质地板,但羽毛球专用塑胶场地的硬度和摩擦力更适宜进行羽毛球比赛, 所以国际比赛和条件许可时应采用塑胶羽毛球场地。在使用手工画线的场地时,除了各线段长度的准确, 还需特别注意检查场地对角线的长度,以保证球场为矩形。

1. 木质地板的保养

地面不能太滑,一定不可上地板蜡,而只能经常用沾有地板油的拖把拖去地面的灰尘,并日积月累使地板油渐渐渗入地板内,可更好地起到保护地板的作用。多用途场地的场地线可以用 4 厘米宽的胶带粘贴,灵活性较好。固定的羽毛球场地可以用油漆画线。当场地表面蒙上灰尘时会使场地太滑,故比赛或训练的间歇时都应将地表的灰土清除。

2. 塑胶场地的安放和保养

目前国际羽毛球比赛和国内主要羽毛球赛事都在塑胶场地上进行,因为塑胶场地比木质场地更有弹性,能有效地保护运动员使其不易受伤,场地表面的摩擦系数也更符合羽毛球运动跑动的要求,使运动员能更好地发挥竞技水平。羽毛球塑胶场地是地毯式的,一般是由几块长条塑胶地毯拼接起来,拼接的方法有用拉链,也有用尼龙搭扣的。用拉链拼接如链齿对得不齐场地界线就会错开,而且多次拼接后拉链接缝容易开裂。所以尼龙搭扣比较简单安全。

塑胶场地的安放:塑胶场地在运输和存放时都呈卷筒状,在安放时,应先铺平让其自然恢复平整(至少 24 小时),固定场地时首先应安放在预定位置,将地毯下的气泡用圆筒从中心向四角推压挤出地毯。地表与地毯间的摩擦力较大时地毯不易移动,只要在场地的四角和前发球线处用单面胶带固定即可。如果地表太光滑固定塑胶地毯就比较困难,必要时需用双面胶带固定。

塑胶场地的保养:要保持场地表面的清洁,可以用吸尘器清洁地表,在有足够时间使场地干燥时也可以用湿拖把清洁地表。塑胶场地上要避免尖锐硬物碰压,也要避免穿硬底鞋在上面行走,更不能穿硬底鞋在塑胶地毯上打球。

(三)球场的灯光

进行羽毛球活动时可以采用自然光或灯光，羽毛球训练或一般性群众羽毛球比赛时可采用自然光，但由于自然光存在顺光和逆光的差异，所以重大比赛都应采用灯光照明。

1. 灯光的位置

理想的羽毛球比赛场地灯光应来自场地外两侧，在无法做到这一点时也要尽可能避免灯光从端线处照向对方场地的球员，不致使球员抬头时，因眼睛对着灯光而看不清球。

2. 灯光的亮度

就比赛本身来说，大约 1000 勒克斯的亮度就已足够，整个场地的亮度必须是均匀的。但在有电视转播的比赛时，球场的光线亮度就应满足电视摄像转播的需要。合理的灯光照明，应该是只有比赛场地内是有灯光集中照明，而场地四周的亮度应明显低于比赛场地内，更不允许场地外有灯光直射运动员。羽毛球比赛进行中是不允许任何人使用闪光灯照相的。

(四)场地四周墙的颜色

羽毛球比赛场地四周墙壁的颜色必须是深色的，特别是两端外的背景(墙壁或广告)更不能是白色或浅色的。这是因为深色的背景能使运动员看清快速飞行的羽毛球，而白色和浅色的背景使运动员难以看清快速飞行的球体。

(五)场内风力的控制

羽毛球球体很轻,飞行时易受风的影响,风力稍大时就要影响运动员水平的正常发挥。因此在比赛时应关闭门窗,经常使用的出入口需放置门帘并挡住各风口。在比赛馆内气温很高必须开空调时,最好在赛前一小时开启,比赛开始后前10分钟就应关闭空调或将空调开至最弱,尽量减小场内空气对流的影响。

(六)场地的布局

羽毛球赛场的布置除了比赛球场外还有许多有关竞赛的各方面的因素需整体考虑,合理的场地布局也是保证竞赛顺利进行的条件之一。

1. 球场的位置

在一个馆内同时有两个以上的场地时,就应将场地编号,场地号最好挂在主裁判员椅的两侧。如果在一个馆内同时要安排若干片球场,那么最好将这些球场平行安放,以使球员在比赛中视线不易受到其他场地的干扰,以一个馆内安排四片球场为例,如图11所示。

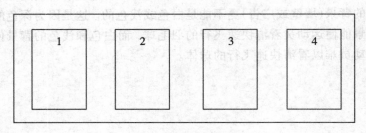

图11　平行安放

2. 球场之间的间隔距离

根据羽毛球竞赛规则规定"并列场地的间隔距离至少2米"，但在一个馆内安排多个比赛场地时依照间隔2米的距离计算，其实是不行的。因为在比赛场地边还需安放裁判员椅、发球裁判员椅、司线裁判员椅和记分桌等，特别是司线裁判员的位置离场地的距离需要更远。根据1998年国际羽联规则建议，司线裁判员的位置最好距场地2.5~3.5米。所以在两个边线并列的场地间要安排端线司线裁判员的，场地边线间的理想距离至少5米以上；而两个端线相接的场地，如果在场地间要安放边线司线员的，距离还需适当加大。因为球员在后退击球时往往退出端线以外，当然在许多情况下可以根据比赛的等级和运动员的竞技水平作适当调整。根据经验，司线裁判员的位置离边线的距离2米应该是安全的。如果是两个端线相对的场地，那么在两个场地中间最好不要安排司线裁判员的位置。如果可能，负责边线的司线裁判员都不坐在中间，而是坐在两个场地的外侧。

3. 记分显示器

记分显示器的位置和方向首先应考虑到使裁判员能清楚地看到和可以控制，并尽量使坐在不同位置的观众都能看到。

4. "A"字广告牌

在许多比赛场合，在场地的周围放一圈约40厘米高的"A"字广告牌，所有这些广告牌都应与场地的界线至少相距2米。

5. 裁判长席

在球场边设一裁判长的桌子，桌上要有裁判长席的标记(有特制的裁判长名牌放在桌上)，裁判长席的位置要便于与其他人联系,也要便于裁判长能迅速到各个场地处理问题。

6. 记录台

记录台应设在裁判长席的近旁,最好与广播员相邻。

7. 场内医务

场内值班医生的位置应尽量靠近裁判长席。

8. 运动员、教练员席

要有足够数量的席位留给教练员和当场没比赛的运动员。要注意座位不能离比赛场地太近。

9. 裁判员席

供轮休的裁判员、司线裁判员休息。

10. 记者席

根据需要准备一定数量的座位。如有可能,除摄影记者,比赛内场的人员应减至最少数量。

(七)网柱和网的安放

1. 网柱

现在羽毛球场地一般都采用压重式网柱,因为要承受网绳的拉力,所以整个网柱(连底座)的重量需在 70 公斤以上,网柱的直径应为 4 厘米,安放在双打边线的中点上,为便于移动,网柱底座两侧应装有轮子。

2. 网

挂网的绳索最适宜的是延伸性较小的较细的编织尼龙绳。如果绳索太粗或用钢丝绳则向中间的拉力太大，当把网拉紧到网中央离地面1.524米时，会引起网柱摇晃不稳甚至整个网柱经常向场地中间移动，使网下垂。张挂网的绳索从羽毛球网上端7.5厘米宽的白布条对折后的中缝穿过。挂网的绳索必须紧贴在白布条的上沿，因为如果绳索不贴在网的上沿，当球击打在网的顶端时，球就很容易翻过网去，所以应避免用质地过硬的材料制作挂网的白布条。在白布条的两端最好有小孔，这样可以做到将整个网的两端与网柱用细绳紧密系在一起，使网的两端与网柱之间没有空隙。

(八)裁判椅

1. 裁判员椅

椅子座位高约1.4米，在左右扶手间应设一搁板，让裁判员放置记分板，椅子的四脚应稍微张开，使椅子的重心稳固，这样裁判员在上下椅子时，椅子不会摇晃。

2. 发球裁判员椅

一般常用的靠背椅子即可，但应注意不要使用铁脚椅子，以免损坏场地。

3. 司线裁判员椅

要求同发球裁判员椅。

(九)其他设施及物品

1. 衣物筐

运动员进场后,放置备用球拍、毛巾、运动衣以及饮用水等,筐的尺寸长约 80 厘米、宽约 60 厘米、高 30 厘米,要能容下球拍袋或一般的运动包。单打比赛在裁判员椅的两侧各放置一个,双打比赛在裁判员的两侧各放置两个。

2. 放球箱

临场比赛时的用球一般都由发球裁判员保管,所以在发球裁判员的椅旁应放置一个球箱,比赛时备用的新球球筒整筒放,而换下的旧球就直接丢在箱内,在比赛间隙或在一节比赛结束时再收集整理。球箱的尺寸长、宽和高都略大于球筒的长度即可。

3. 干拖把

比赛场地表面如果有了水(运动员滴下的汗水、运动员摔倒在地或其他原因使场地潮湿),就应立即用干拖把将水擦干,要保证拖把有良好的吸水性能,每个场地应备有两个拖把,每边一个。

4. 暂停标志

当比赛打成局数 1 比 1 时,需放置暂停标志在场地中央的网下,使观众知道现在局数 1 比 1,比赛间歇 5 分钟。暂停标志的合适高度约 50 厘米,圆锥体、三角形或四面体都可,主要是醒目和便于发球裁判员搬放。

5. 量网尺

宽度 4 厘米、长度 1.70 米的木质或铝合金制的直尺，在 1.524 米和 1.55 米处画有标记。

6. 记分垫板

裁判员临场裁判时垫写记分表用,板的尺寸要大于 A4 纸,硬质的有机玻璃或塑料板都可以。

7. 比分显示器

羽毛球比分显示器的分数应由 0 ~ 17 组成，局分从 0 ~ 2 组成,场分从 0 ~ 5 组成。简易的比分显示器可以用手翻分。正式的比赛,电子记分显示器是理想的选择,分数的显示应是双面的,并且最好有"加分"和发球方以及双打比赛时发球顺序的显示。分数显示器的灯光亮度不能太大,以免影响运动员的视觉。

8. 比赛球

质量好、速度合适的比赛球对整个竞赛的顺利进行非常重要。羽毛球球体很轻,速度的快慢取决于气温的高低、比赛地点海拔的高低、空气的湿度、球体的尺寸以及球体的重量。羽毛球竞赛规则对羽毛球的重量规定为 4.74 ~ 5.50 克。在相同外界环境下,球体越重速度越快。下表为标准球速的外界环境与球体重量要求的关系。

外界条件	球体重量
气温高	
海拔高	轻
湿度大	

举例来说,在上海市冬季 12 月,一般应使用 5.3 克重的比赛球(球筒上的标号是 53),而在夏季 7 月,就要使用 4.9 克重的比赛用球。

羽毛球质量好坏可从以下几方面

鉴别:球的外型整齐,球托的软木硬度适中,包裹的皮革光洁无皱纹,羽毛插片的角度一致,毛色洁白,羽毛杆粗且直,胶水均匀,用手握上去有硬度,弹性较好。在试打时羽毛球以高弧线飞行的轨迹稳定,球体不摇晃。在同一球筒内的球,速度快慢应该一致而没有明显的差别。

9. 球拍

羽毛球比赛的球拍均由各参赛运动员自备,竞赛规则对球拍有一定的规定,但在比赛时,裁判员对运动员的球拍并不作严格的检查。因为目前不符合规定的球拍并未给该球员带来明显的有利之处,比赛中也未发现有此现象。

六、竞赛组织工作内容和工作程序

(一)竞赛规程

每次比赛的竞赛规程由竞赛的主办单位根据当时的比赛宗旨以及各方面的综合因素制定,但不能违背羽毛球竞赛规则和我国羽毛球协会制定的羽毛球竞赛章程。竞赛规程是比赛的法规,是竞赛工作的依据,它的修改和解释权都属于规程的制定者。羽毛球竞赛规程的主要条款和制定该条款内容需考虑的问题大致如下。

1. 比赛名称

能基本反映该次比赛的性质,比赛的参赛地区(国际、全国、省市或系统)、对象(年龄)、项目(团体、单项),举办的年份或届数等。杯赛的冠名能反映出该次比赛的主办者或赞助者。

2. 比赛的主办单位

该项内容可以包括:主办者、承办单位、协办单位、赞助单位。

3. 比赛日期和地点

比赛的年、月、日,比赛的城市和比赛场地。

4. 竞赛项目

可以根据比赛的要求设立团体或单项,并说明年龄组等。

5. 参加单位

规定参赛的范围或列出具体的邀请单位。

6. 报名办法

（1）报名条件：身体健康、年龄限制（青少年比赛和分龄组比赛）、运动员隶属资格。

（2）报名人数：领队、教练员、运动员的人数规定，各单项赛运动员数和单项赛有无兼项限制。

（3）报名日期：报名的开始日期和截止日期。

（4）报名单送交的地址和联系人以及电话、电传。

7. 竞赛办法

（1）团体赛

●说明采用几场制，如三场制（两单一双）或五场制（三单两双），并说明是否必须赛满三场（或五场）。

●比赛运动员是否需按运动员的技术水平顺序排列。

●交换出场运动员名单的时间和地点。

●比赛采用循环赛还是淘汰赛，是否分阶段等。

（2）单项赛

比赛采用循环赛还是淘汰赛，是否分阶段等。

8. 各项目的录取名次

9. 弃权的处理

有关弃权的规定，如时间界限，处罚办法等。

10. 奖励办法

11. 比赛用球的牌号

12. 裁判长和裁判员

裁判长和裁判员的来源和等级要求,报到日期。

13. 经费

报名费、交通费、食宿费等。

14. 竞赛补充规定

如果需要,可在规程中写明。

(二)裁判员队伍的组成

一次比赛裁判员的人数和级别与本次比赛的技术水平和比赛规模(指使用的场地数和每天比赛的时间和比赛场数)应相适应。

1. 裁判长

每次比赛设裁判长一名,副裁判长至少一名,如果比赛的场地数较多时可以设 2 ~ 3 名副裁判长。

2. 裁判员的等级

(1) 国际性比赛:担任裁判员和发球裁判员应是国家级以上级别的羽毛球裁判员,在裁判员人数不足时,少部分可以由业务水平较高的能使用英语宣报的一级裁判员作为补充。

(2) 全国性比赛:担任裁判员和发球裁判员的应是一级以上级别的羽毛球裁判员,在裁判员人数不足时,少部分可以由业务水平较高的二级裁判员作为补充。

（3）省（市）比赛：担任裁判员和发球裁判员应是二级以上级别的羽毛球裁判员，在裁判员人数不足时，少部分可以由三级裁判员作为补充。

（4）一般羽毛球比赛：应以羽毛球等级裁判员为主，适当配备经过培训的暂时无等级的羽毛球裁判员，但这些裁判员不能担任主要场次的比赛裁判工作。

（5）司线裁判员：凡是羽毛球等级裁判员都能担任司线裁判员。

3. 裁判员的人数

（1）裁判员与司线裁判员合为一组：有的比赛是将裁判员与司线裁判员合在一起作为整个裁判员队伍，然后再分成裁判小组安排裁判工作。采用此方法时，裁判总人数的计算方法是：(每场采用几人裁判制 + 若干名轮休裁判员) × 比赛的场地数= 裁判总人数。

●几人制裁判：每场比赛的裁判员至少 1 名裁判员和 1 名发球裁判员，司线裁判员的人数可以根据比赛的级别或在一次比赛时的预赛阶段或决赛阶段考虑，轮休的裁判员人数则要考虑每节比赛在一个场地的比赛场数，以不使一名裁判员在一节时间里的工作量过大(一般 3~4 场为宜)和连场裁判。

●裁判的工作量计算方法：每场采用几名裁判制 × 比赛场数/场地 = X 人次。

例如：某次比赛采用七人制，在一节时间里一个场地安排 6 场比赛，那么一个场地的裁判工作量就是 7(七人制) × 6 场比赛/场地 = 42 人次

如果每个组设 10 名裁判员，那么在一节时间里每名裁判员至少要担任 4 场裁判工作，有两人要做 5 场裁判。在此情况下为减少裁判员的工作量，有两个方法，一是将七人制改为六人制；二是增

加小组的裁判员人数。

●比赛的场地数：是指在本次比赛中一节时间里同时要使用最多的场地数。

综合以上几个方面因素，一次比赛所需的裁判员总人数就可算出。

例如：每场比赛采用七人制(裁判员 1 名、发球裁判员 1 名、司线裁判员 4 名、记分员 1 名)，每组每场的轮休裁判员 3 名，本次比赛最多时使用 6 片场地，则：

〔7(七人制)＋3(轮休裁判员)〕×6(场地数)＝60 人

即总共需要 60 名裁判员。

在比赛场序采用调度制时，上述裁判员也可分为 7 人一组共9 个组(裁判员总人数需增加到 63 人)，用调度的方法安排裁判任务，意味着有 6 个组在场上，3 个组轮休，比较合理的轮休组数是三分之一。

(2)裁判员与司线裁判员分开安排：在国际比赛时，对裁判员的等级有较高要求，裁判员、发球裁判员都是与司线裁判员分开安排的。

●裁判员和发球裁判员：比较理想的裁判员人数是根据比赛使用的场地数乘以 4，即每个场地平均 4 名裁判员，两上两下轮换担任裁判工作。但实际是在一次比赛开始阶段使用场地数较多时，场上裁判员与场下休息裁判员的比例大约为 5:3，即 5 片场地至少备 16 名裁判员。

●司线裁判员：是根据比赛的场地数设若干司线裁判组，每组的人数取决于采用几名司线裁判员制，场上司线裁判员组与场下休息的司线裁判员组的比例大约为 5:3，即使用 5 片场地时需设 8个司线裁判组。

(三)比赛时的裁判工作流程

为使比赛有条不紊地顺利进行，每次比赛根据本次比赛的特点制定每节比赛的竞赛裁判工作流程是非常必要的。

1. 比赛开始前的工作

(1) 裁判长于比赛开始前最先到比赛场地,检查场地、器材是否全部准备就绪;测试球速决定本节比赛用球的速度(如果在赛前开空调则应在空调关闭后,待场内气流稍微稳定后再测试);检查所有与竞赛有关人员是否全部到位。

(2) 编排记录组也应提前到场地,准备好记分表、名牌等。

(3) 裁判员与司线裁判员至少在赛前 30 分钟报到,裁判长召集裁判员会议,布置裁判员的裁判工作。

(4) 首场裁判员到记录台领取记分表、运动员的名牌,发球裁判员领取比赛用球。

2. 比赛开始的工作

(1) 广播员广播请场上练习的运动员退出场地,第一场的裁判员召集本场比赛运动员在进场处列队集合,等候进场。

(2) 广播员在得到裁判长的示意后宣布比赛开始,裁判员、运动员入场,此时播放音乐,裁判员带领运动员随着音乐节奏入场。如果同时使用一片以上场地比赛,则从第二场比赛开始运动员入场时就不宜播放音乐,以免影响其他场地的比赛。

(3) 裁判员进场按顺序作好比赛前的一切准备工作后,宣布比赛开始。

3. 一场比赛结束后的工作

(1) 裁判员宣布比赛结果,与双方运动员一一握手后,再下裁判椅,带领发球裁判员与司线裁判员一起列队退出场地(运动员因为要整理衣物等,所以可以自行离场)。裁判员应立即将填写完整的记分表请裁判长审核后交记录台。

(2) 下一场比赛的开始:如果本次比赛场次采用的是调度制,

则广播员根据编排记录组调度员的安排,广播某场地下一场比赛的运动员和担任该场比赛裁判员的名单,裁判员与发球裁判员(有时与司线裁判员)一起列队入场,而运动员则自己到场地向裁判员报到。如果本次比赛场序的编排采用的是固定场地,则裁判员和运动员都是自行进场,不需广播,只是在运动员未到场地报到时,再广播催促。

(3)成绩登记和成绩公布:记录组应将已赛完的成绩立即登记并在成绩公布栏上公布,如果是淘汰赛则应准备下一轮次比赛的记分表。

(4)在整个比赛过程中,所有各有关人员(特别是裁判员、竞赛组、医生和场地器材组),都应在自己的岗位上,如需离开一定要向裁判长说明去向,并请别人代理自己的工作,否则一旦有事,不能及时处理解决,将会使比赛停顿或陷入混乱。

4. 一节比赛结束后的工作

一节比赛全部结束后,广播员宣布本节时间的比赛全部结束,并向观众致谢。各部门收好各自的器材和用品。场馆人员应及时清理场地,最好能开门窗通风换气,为下一节的比赛作好准备。编排记录组要将已赛完的比赛成绩全部公布在成绩公告栏。裁判小组可以进行本节裁判工作小结。

七、羽毛球裁判员的晋升与考核

(一)我国羽毛球国家级裁判员的晋升与考核

我国羽毛球国家级裁判员的晋升考试、考核和管理。工作由中国羽毛球协会竞赛规则裁判委员会负责管理。

目前我国每三年举办一次晋升羽毛球国家级裁判员的考试。考试形式有理论笔试和临场裁判实践考试。理论笔试的内容包括羽毛球竞赛规则裁判法、竞赛组织编排以及羽毛球英语术语和常用语,临场裁判实践考试用英语执裁宣判。考试合格者报经国家体育总局批准为羽毛球国家 B 级裁判员。再经过两年的考核,合格者晋升为国家 A 级裁判员。我国现有国家级裁判员一百多名。国家级羽毛球裁判员临场裁判的退休年龄是 55 岁。每次全国性羽毛球比赛均由裁判长对参加本次比赛的国家级裁判员进行考核,每年年终国家级裁判员还需填写一年的裁判工作汇报表。目前我国还未设立专门的裁判长队伍。

(二)国际羽毛球裁判员的晋升与考核

1. 国际羽毛球联合会裁判委员会

国际羽毛球联合会(International Badminton Federation)简称国际羽联(IBF),下设裁判委员会(Court Officials Organiztation Committee)简称 COOC,设 1 名主席、3 名副主席和委员若干人。专门负责晋升国际裁判长和裁判员的考试和对现有国际裁判长和裁判员的工作委派和工作考核评估。

（1）国际羽联裁判长

国际羽联裁判长的条件是：具有丰富经验的资深羽毛球运动的裁判员、教练员或具有其他羽毛球运动经历者。裁判长的年龄规定是，如果健康状况允许，可以工作到65岁。在一定的时候，国际羽联在世界的某一地区举办裁判长学习班，分配参加学习班的名额给会员国，由会员国提名推荐，经国际羽联批准后参加裁判长学习班学习。经过考试成绩合格者，并经过裁判长实践工作能胜任者列入国际羽联裁判长名单（referee）。再经过裁判长实践工作的考核，业绩优秀者再晋升为国际羽联A级裁判长（Certificate Referee）。从1994年国际羽联举办第1届裁判长学习班至今，国际羽联已有A级裁判长7名（其中中国香港1名）、裁判长51名（其中中国1名）。

（2）国际羽联裁判员

国际羽联的裁判员分为A级（Certificate Umpire）和B级（Accredited Umpire）。B级裁判员由各洲羽毛球联合会推荐，国际羽联批准。国际羽联挑选优秀的B级裁判员参加担任国际最高水平的羽毛球比赛裁判工作（如汤姆斯杯与尤伯杯的决赛或世界羽毛球锦标赛）并进行考核，考核合格者晋升为国际A级裁判员。国际羽联在发展裁判队伍时，有一定数量的控制和各地区及会员国的平衡。目前国际羽联共有A级裁判员45名（其中中国6名、包括香港2名），B级裁判员52名（其中中国7名、包括香港2名）。国际羽联要求国际裁判员每年至少要在10次羽毛球比赛中担任100场次的裁判工作。国际羽联裁判员的退休年龄是55岁。

2. 亚洲羽毛球联合会裁判委员会

亚洲羽毛球联合会（Asia Badminton Confederation）简称亚羽联（ABC），下设裁判委员会，负责亚洲羽毛球裁判员的晋升和考核工作。

（1）亚羽联裁判长

亚洲羽联不专设裁判长组织，亚洲羽联委任在亚洲的国际羽联裁判长担任亚洲地区的羽毛球竞赛裁判长。

（2）亚洲级羽毛球裁判员

亚羽联裁判员也分为 A 级和 B 级，B 级裁判员由各会员国推荐参加亚洲裁判员的晋升考试，考试内容有理论笔试和临场裁判实践考核。理论笔试的试题由国际羽联命题。通过考试者，可被批准为亚洲级羽毛球 B 级裁判员。国际羽联的 A 级和 B 级裁判员即为亚洲的 A 级裁判员。

附　录：

1. 国际羽联裁判长报告表

IBF Referee's report

Event: _____

Dates of play: _____

Country / city / hall: _____

Referee: _____

Deputy Referee (s): _____

Date of report: _____

Referee's signature: _____

Aspect	VG	G	A	P	VP	Comments	No.
Hotels							
Transport							
Catering							
Changing rooms							
Practice facilities							
Lighting							
Height / obstructions							
Nets / measures							
Posts							
Flooring / mats							
Scoring machines							
Player identification							
Other equipment							
Shuttle speeds							
Shuttle quality							
Match Control							
Umpires / serv. judges							
Line judges							
Scheduling / timeliness							
Drug testing facilities							
Physio services							
On – court doctor							
Ceremonies							
Overall presentation							
Media facilities							
Social functions							

IBF Referee's report (continued)

Event: _____

Withdrawals:

Name	Country	IBF No.	Event	Date	Comments*	Action?

* Please ensure that instances when a player was withdrawn from one event but continued to play in another event later in the tournament are clearly recorded in this section of the report.

116

IBF Referee's report (continued)

Event: _____

On court incidents – Formal warnings or disqualification for misconduct (enter "none" if none):

Player	Umpire	Match Concerned	Date	Reason

IBF Referee's report (continued)

Event: _____

Television coverage:

_____

_____

_____

_____

Drug tests: _____ samples were taken by _____

(To be analysed at _____ IOC laboratory)

Shuttle usage: _____ dozen of _____ (make)

Event Organisation Manual
The organisers' use of the manual:

_____

_____

_____

_____

Changes needed to the manual:

_____

_____

_____

IBF Referee's report (continued)

Event: _____

Comments:

No.	Comments

Analysis of Match Length (in minutes)

Tournament:

Date:

Event	Last 64	last 32	Last 16	Quarters	Semis	Finals
MS						
MD						
LS						
LD						
XD						

2. 国际羽联裁判长报告中文注释

IBF Referee's report	国际羽联裁判长报告
Event	比赛
Dates of play	比赛日期
Country/city/hall	国家/城市/比赛馆
Referee	裁判长
Deputy Referee(s)	副裁判长
Date of report	报告日期
Referee's signature	裁判长签名
Aspect	方面
VG	非常好
G	好
A	中等
P	差
VP	非常差
Comments	注释
Hotel	旅馆
Transport	交通
Catering	餐饮(主要指比赛场地)
Changing rooms	更衣室
Practice facilities	练习设备
Lighting	灯光
Height/obstruction	场地高度/障碍物
Nets/measures	网/丈量
Post	网柱

Flooring / mats	场地地面/塑胶地毯
Scoring machine	比分显示器
Player identification	运动员识别
Other equipment	其他设备
Shuttle speed	球的速度
Shuttle quality	球的质量
Match control	比赛场序安排
Umpires / serv. Judges	裁判员/发球裁判员
Line judges	司线裁判员
Scheduling	比赛时间表
Drug testing facilities	兴奋剂检查设备
Physic service	医疗服务
On – court doctor	比赛场地医生
Ceremonies	发奖仪式
Overall presentation	总体情况
Media facilities	新闻媒体设备
Social functions	社交活动
(Page2)	
Event	比赛名称
Withdrawals	退出比赛(弃权票)
Name	姓名
Country	国家
IBF No.	运动员的国际羽联代号
Event	项目
Date	日期
Comments*	注释
Action?	处理

Please ensure that instances when a player was withdrawn from one event but continued to play in another event later in the tournament are clearly recorded in this section of the report. 请明确

此情况,在裁判长报告的这一部分中,清楚地记录下,当一名运动员退出一项比赛后,仍然参加了后面的另一项目的比赛。

(Page3)

Event

On court incidents – Formal warnings or disqualification for misconduct (enter "none" if none) 比赛场上的意外情况——因行为不端而被处以正式警告或取消比赛资格。

Player	运动员
Umpire	裁判员
Match concerned	有关的比赛
Date	日期
Reason	理由

(Page4)

Television coverage   电视转播情况

Drug tests: 兴奋剂检查

_____ Samples were taken by _____ 检查样品是由谁采取
(To be analysed at _____ IOC laboratory) 由国际奥林匹克委员会的哪一实验室分析

Shuttle usage: _____ dozen of _____ (make) 比赛用球的数量和牌号

Event Organisation Manual   竞赛组织手册
The orgnisers' use of the manual: 组委会竞赛手册使用情况
Changes needed to the manual   竞赛手册需修改的部分

(Page5)

Event: 比赛名称

Comments: 评论

(Page6)

Analysis of Match Length (in minutes)   比赛时间长度分析
                                        (单位分钟)

MS	男子单打
MD	男子双打
LS	女子单打
LD	女子双打
XD	男女混合双打
Last 64	64 进 32 的比赛
Last 32	32 进 16 的比赛
Last 16	16 进 8 的比赛
Quarters	1/4 决赛
Semis	半决赛
Finals	决赛

3. 羽 毛 球 竞 赛 规 则（1999）

目　　录

第一章　羽毛球比赛规则

定义：

运动员：参加羽毛球比赛的人。

一场比赛：双方各一名或两名运动员是决定胜负的最基本单
　　　　　位。

单打：双方各一名运动员进行的一场比赛。

双打：双方各两名运动员进行的一场比赛。

发球方：有发球权的一方。

接发球方：发球的对方。

1.　球场和球场设备

1.1　　球场应是一个长方形，用宽 40 毫米的线画出（图
　　　　一）。

1.2　　线的颜色最好是白色、黄色或其他容易辨别的颜
　　　　色。

1.3　　所有线都是它所确定区域的组成部分。

1.4　　从球场地面起，网柱高 1.55 米。当球网被拉紧时（如
　　　　规则 1.10 所述），网柱应与地面保持垂直。

1.5　　不论是单打还是双打比赛，网柱都应放置在双打边
　　　　线上（图一）。

1.6　　球网应由深色、优质的细绳织成。网孔为方形，每边
　　　　长均在 15～20 毫米之间。

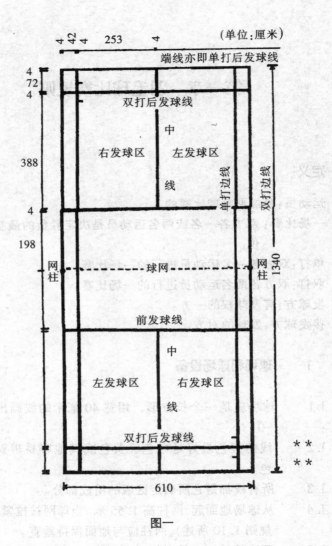

（单位：厘米）

图一

注：

1. 双打球场对角线长 = 14.723 米；
2. 单打球场对角线长 = 14.366 米；
3. 此球场可用于单、双打比赛；
4. "＊＊"为检验球速区标记（见第4页）。

128

1.7	球网全长至少 6.1 米,上下宽 760 毫米。
1.8	球网的上沿应由 75 毫米宽的白布对折成夹层,用绳索或钢丝从夹层穿过。夹层上沿必须紧贴绳索或钢丝。
1.9	绳索或钢丝应牢固地拉紧,并与网柱顶取平。
1.10	从球场地面起,球网中央顶部应高 1.524 米,双打边线处网高 1.55 米。
1.11	球网两端与网柱之间不应有空隙。必要时,球网两端应与网柱系紧。

2. 羽毛球

2.1	球可由天然材料、人造材料或用它们混合制成。只要球的飞行性能与用天然羽毛和包裹羊皮的软木球托制成的球的性能相似即可。
2.2	球应有 16 根羽毛固定在球托部。
2.3	羽毛长 62～70 毫米,每一个球的羽毛从球托面到羽毛尖的长度应一致。
2.4	羽毛顶端围成圆形,直径为 58～68 毫米。
2.5	羽毛应用线或其他适宜材料扎牢。
2.6	球托底部为圆球形,直径为 25～28 毫米。
2.7	球重 4.74～5.50 克。
2.8	非羽毛制成的球:
2.8.1	用合成材料制成裙状或如天然羽毛制成的球状。
2.8.2	球托如规则 2.6 所述。
2.8.3	球的尺寸和重量应如规则 2.3、2.4 和 2.7 所述;但由于合成材料与天然羽毛在比重、性能上的差异,可允许不超过 10% 的误差。
2.9	只要球的一般式样、速度和飞行性能不变,经有关组织批准,以下特殊情况可以不使用标准球。

2.9.1 由于海拔或气候等条件不宜使用标准球时；

2.9.2 只有更改才有利于开展比赛时。

3. 球速的检验

3.1 验球时,在端线外用低手向前上方全力击球,球的飞行方向应与边线平行。

3.2 符合标准速度的球,应落在离对方端线外沿 530～990 毫米之间的区域内(图二、三)。

双打场地正常球速区标记

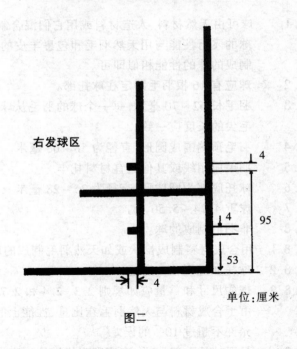

单位:厘米

图二

注:标记尺寸为 40 毫米 ×40 毫米

130

单打场地正常球速区标记

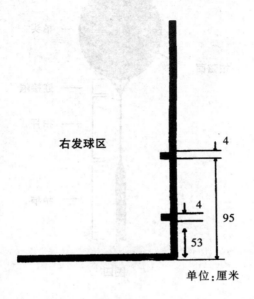

右发球区

4

4

95

53

单位:厘米

图三

注:标记尺寸为 40 毫米 × 40 毫米

4. 羽毛球拍

4.1 球拍的各部分规格要求如规则 4.1.1 ~ 4.1.7 所述,各部分名称如图四。

4.1.1 球拍由拍柄、拍弦面、拍头、拍杆、连接喉构成。

4.1.2 拍柄是击球者握住球拍的部分。

4.1.3 拍弦面是击球者用于击球的部分。

4.1.4 拍头界定了拍弦面的范围。

4.1.5 拍杆通过规则 4.1.6 所述的部件连接拍柄与拍头。

4.1.6 连接喉(如果是这样的结构)连接拍杆与拍头。

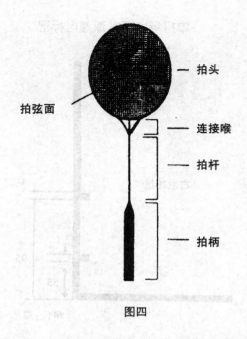

图四

4.1.7 拍头、连接喉、拍杆和拍柄总称球拍框架。

4.2 球拍长不超过 680 毫米，宽不超过 230 毫米。

4.3 拍弦面

4.3.1 拍弦面应是平的，用拍弦穿过拍头十字交叉或其他形式编织而成。编织的式样应保持一致，尤其是拍弦面中央的编织密度不得小于其他部分。

4.3.2 拍弦面长不超过 280 毫米，宽不超过 220 毫米。不论拍弦用什么方式拉紧，规定拍弦穿进连接喉的区域不超过 35 毫米，连同这个区域在内的整个拍弦面长不超过 330 毫米。

4.4 球拍

4.4.1 球拍不允许有附加物和突出部，除非是为了防止磨损、断裂、振动或调整重心的附加物，或预防球拍脱手而将拍柄系在手上的绳索；但其尺寸和位置应合

132

理。

4.4.2　不允许改变球拍的规定式样。

5.　设备的批准

有关球拍、球、设备以及试制品能否用于比赛的问题，由国际羽联裁定。这种裁定可由国际羽联主动作出，或根据对其有切身利益的个人、团体(包括运动员、设备厂商、国家协会或其成员组织)的请求而裁定。

6.　掷挑边器

6.1　比赛前，双方应执行掷挑边器。赢的一方将在规则6.1.1 或 6.1.2 中作出选择。

6.1.1　先发球或先接发球；

6.1.2　一个场区或另一个场区。

6.2　输方在余下的一项中作出选择。

7.　计分方法

7.1　除非另有商定，一场比赛应以三局两胜定胜负。

7.2　除了规则 7.4 规定的情况之外，双打和男子单打先得 15 分的一方胜一局。

7.3　除了规则 7.4 规定的情况之外，女子单打先得 11 分的一方胜一局。

7.4　如果比分为 14 平(女子单打比分为 10 平)，先得 14 分(女子单打先得 10 分)的一方，可选择规则 7.4.1 或 7.4.2 的规定：

7.4.1　不加分，即比赛至 15 分(女子单打 11 分)；

7.4.2　加分比赛至 17 分(女子单打 13 分)。

7.5 一局的胜方,在下一局首先发球。

7.6 只有发球方才能得分。

8. 交换场区

8.1 以下情况运动员应交换场区:

8.1.1 第一局结束;

8.1.2 第三局开始前;

8.1.3 在第三局或只进行一局的比赛中,领先的一方得分为:

——11 分为一局的 6 分,或

——15 分为一局的 8 分。

8.2 如果运动员未按规则 8.1 的规定交换场区,一经发现即在死球时交换,已得比分有效。

9. 发球

9.1 合法发球:

9.1.1 一旦发球员和接发球员都站好各自的位置,任何一方都不允许延误发球。

9.1.2 发球员和接发球员应站在斜对角的发球区内,脚不触及发球区和接发球区的界线。

9.1.3 从发球开始(规则 9.4 所述),直到球发出(规则 9.6 所述)之前,发球员和接发球员的两脚必须都有一部分与球场地面接触,不得移动。

9.1.4 发球员的球拍应首先击中球托。

9.1.5 在发球员的球拍击中球瞬间,整个球应低于发球员的腰部。

9.1.6 在击球瞬间,发球员的拍杆应指向下方,使整个拍头明显低于发球员的整个握拍手部(图五)。

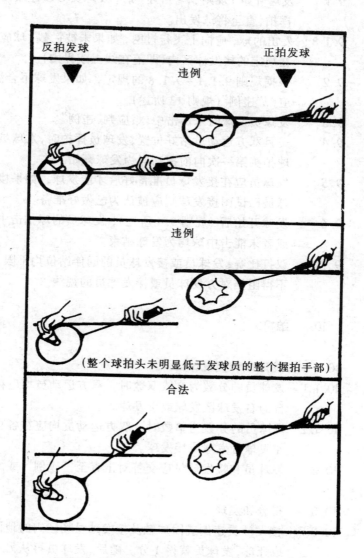

图五　在击球瞬间发球员握拍和球拍的位置

9.1.7　发球开始（规则 9.4 所述）后，发球员必须连续向前挥拍，直至将球发出。

9.1.8　发出的球，应向上飞行过网，如果未被拦截，球应落在规定的接发球区内（即落在线上或界内）。

9.2　根据规则 9.1.1～9.1.8 的规定，如果发球不合法，应判"违例"（规则 13 所述）。

9.3　发球员发球时未能击中球，应判"违例"。

9.4　一旦双方运动员站好位置，发球员挥拍时，发球员的球拍头第一次向前挥动即为发球开始。

9.5　发球员应在接发球员准备好后才能发球，如果接发球员已试图接发球则应被认为已做好准备。

9.6　发球开始后（规则 9.4 所述），发球员的球拍击中球或者未能击中球均为发球结束。

9.7　双打比赛，发球员或接发球员的同伴站位均不限，但不得阻挡对方发球员或接发球员的视线。

10.　单打

10.1　发球区和接发球区

10.1.1　发球员的分数为 0 或双数时，双方运动员均应在各自的右发球区发球或接发球。

10.1.2　发球员的分数为单数时，双方运动员均应在各自的左发球区发球或接发球。

10.2　发球员和接发球员应交替对击直至"违例"或"死球"。

10.3　得分和发球

10.3.1　接发球员违例或因球触及接发球员场区内的地面而成死球，发球员就得 1 分。随后，发球员再从另一发球区发球。

10.3.2　发球员违例或因球触及发球员场区内的地面而成死

球,发球员就失去该次发球权,双方均不得分。随后接发球员成为发球员。

11. 双打

11.1 一局比赛开始和每次获得发球权的一方,都应从右发球区发球。

11.2 只有接发球员才能接发球;如果他的同伴去接球或被球触及,则为"违例",发球方得 1 分。

11.3 击球次序和位置

11.3.1 发球被回击后,由发球方的任何一人击球,然后由接发球方的任何一人击球,如此往返直至死球。

11.3.2 发球被回击后,运动员可以在球网的各自一方任何位置击球。

11.4 得分和发球

11.4.1 接发球方违例或因球触及接发球方场区内的地面而成死球,发球方得 1 分,原发球员继续发球。

11.4.2 发球方违例或因球触及发球方场区内的地面而成死球,原发球员失去该次发球权,双方均不得分。

11.5 发球区和接发球区

11.5.1 每局开始首先发球的运动员,在该局本方得分为 0 或双数时,都必须在右发球区发球或接发球;得分为单数时,应在左发球区发球或接发球。

11.5.2 每局开始首先接发球的运动员,在该局本方得分为 0 或双数时,都必须在右发球区接发球或发球;得分为单数时,则应在左发球区接发球或发球。

11.5.3 他们的同伴发球或接发球时的站位,与上述两条相反。

11.6 发球都应从左右两个发球区交替发出(规则 12 和 14 规定的情况除外)。

11.7 自一局开始，发球权是从首先发球员到首先接发球员，然后是该接发球员的同伴，接着是对方应站在右发球区发球的运动员（规则 11.5 的规定），之后是他的同伴，如此传递。

11.8 运动员发球顺序和接发球顺序不得错误。一名运动员在同一局比赛中不得连续两次接发球（规则 12 和 14 规定的情况除外）。

11.9 一局胜方的任一运动员可在下一局先发球，负方的任一运动员可先接发球。

12. 发球区错误

12.1 以下情况为发球区错误：

12.1.1 发球顺序错误；

12.1.2 在错误的发球区发球；

12.1.3 在错误的发球区准备接发球，且球已发出。

12.2 如果发球区错误，在下一次发球击出前未被发现，则错误不予纠正。

12.3 如果发球区错误在下一次发球击出前发现：

12.3.1 双方都有错误，应"重发球"；

12.3.2 错误一方赢了这一回合，应"重发球"；

12.3.3 错误一方输了这一回合，则错误不予纠正。

12.4 如果因发球区错误而"重发球"，则该回合无效，纠正错误重发球。

12.5 如果发球区错误未被纠正，比赛继续进行，并且不改变运动员的新发球区和新发球顺序。

13. 违例

以下情况均属违例：

13.1　　　发球不合法（如规则 9.1、9.3 或 11.2 所规定的情况）。

13.2　　　比赛时：

13.2.1　球落在球场界线外，即不落在界线上或界线内；

13.2.2　球从网孔或网下穿过；

13.2.3　球不过网；

13.2.4　球触及天花板或四周墙壁；

13.2.5　球触及运动员的身体或衣服；

13.2.6　球触及球场外其他物体或人。

（关于比赛场馆的建筑结构问题，必要时地方羽毛球组织可以制定羽毛球触及建筑物的临时规定，但有关组织有否决权）。

13.3　　　比赛时，球拍与球的最初接触点不在击球者网的这一边（击球者在击中球后，球拍可以随球过网）。

13.4　　　比赛进行中：

13.4.1　运动员的球拍、身体或衣服触及球网或球网的支撑物；

13.4.2　运动员的球拍或身体从网上侵入对方场区（规则 13.3 规定的情况除外）；

13.4.3　运动员的球拍或身体从网下侵入对方场区导致妨碍对方或分散对方注意力；

13.4.4　妨碍对方，即阻挡对方紧靠球网的合法击球。

13.5　　　比赛时，运动员故意分散对方注意力的任何举动，如喊叫、故作姿态等。

13.6　　　比赛时：

13.6.1　击球时，球停滞在球拍上，紧接着被拖带抛出；

13.6.2　同一运动员两次挥拍连续两次击中球；

13.6.3　同方两名运动员连续击中球；

13.6.4　球触及运动员球拍后继续向其后场飞行。

13.7　　　运动员严重违犯或一再违犯规则 16 的规定。

13.8 　　发球时，球挂在网上，停在网顶或过网后挂在网上。

14.　　**重发球**

14.1 　　由裁判员或运动员（没有裁判员时）宣报"重发球"，用于中断比赛。
14.2 　　遇不能预见或意外的情况，应重发球。
14.3 　　除发球外，球过网后挂在网上或停在网顶，应重发球。
14.4 　　发球时，发球员和接发球员同时违例，应重发球。
14.5 　　发球员在接发球员未做好准备时发球，应重发球。
14.6 　　比赛进行中，球托与球的其他部分完全分离，应重发球。
14.7 　　司线员未看清，裁判员也不能作出裁决时，应重发球。
14.8 　　规则12.3规定的发球区错误，应重发球。
14.9 　　"重发球"时，最后一次发球无效，原发球员重新发球（规则12的规定除外）。

15.　　**死球**
　　下列情况为死球：
15.1 　　球撞网并挂在网上，或停在网顶；
15.2 　　球撞网或网柱后开始向击球者网的这一方地面落下；
15.3 　　球触及地面；
15.4 　　宣报了"违例"或"重发球"。

16.　　**比赛连续性、行为不端及处罚**

16.1 　　比赛从第一次发球起至比赛结束应是连续的（规则

16.2 和 16.3 允许的情况除外)。

16.2　下列比赛中,每场比赛的第一局与第二局之间允许不超过 90 秒的间歇。第二局与第三局之间允许不超过 5 分钟的间歇。

16.2.1　国际比赛项目;

16.2.2　国际羽联批准的比赛项目;

16.2.3　所有其他的比赛(除非有关组织预先公布不允许这些间歇)。

(有电视转播的比赛,裁判长可在赛前对规则 16.2 的执行作出决定)。

16.3　暂停比赛

16.3.1　遇有不是运动员所能控制的情况,裁判员可根据需要暂停比赛;

16.3.2　在特殊情况下,裁判长可以要求裁判员暂停比赛;

16.3.3　如果比赛暂停,已得分数有效,续赛时由该分数算起。

16.4　不允许运动员为恢复体力或喘息而延误比赛。

16.5　接受指导和离开球场

16.5.1　不允许运动员在一场比赛中接受指导(规则 16.2 或 16.3 的规定除外);

16.5.2　在一场比赛中,运动员未经裁判员同意,不得离开球场(规则所述的不超过 5 分钟间歇除外)。

16.6　裁判员是比赛是否延误的唯一裁决者。

16.7　运动员不得有下列行为:

16.7.1　故意延误或中断比赛;

16.7.2　故意改变球形或损坏球,以此影响球的速度或飞行性能;

16.7.3　举止无礼;

16.7.4　规则未述的其他不端行为。

16.8　对违犯规则 16.4、16.5 或 16.7 的运动员,裁判员应执行：

16.8.1 警告；

16.8.2 对已被警告过的一方判违例；

16.8.3 对严重违犯或屡犯的一方判违例并立即向裁判长报告，裁判长有权取消违犯一方的该场比赛资格。

17. 裁判职责和受理申诉

17.1 裁判长对比赛全面负责。

17.2 临场裁判员主持一场比赛并管理该球场及其周围。裁判员应向裁判长负责。

17.3 发球裁判员应负责宣判发球员的发球违例（规则9）。

17.4 司线员应对球在其分管线的落点宣判"界内"或"界外"。

17.5 临场裁判人员对其所分管职责内的事实的宣判是最后的裁决。

17.6 裁判员应做到：

17.6.1 维护和执行羽毛球比赛规则，及时地宣报"违例"或"重发球"等；

17.6.2 对申诉应在下一次发球前作出裁决；

17.6.3 使运动员和观众能随时了解比赛的进程；

17.6.4 与裁判长磋商后撤换司线员或发球裁判员；

17.6.5 在缺少临场裁判人员时，对无人执行的职责作出安排；

17.6.6 在临场裁判人员未能看清时，执行该职责或判"重发球"；

17.6.7 记录与规则16有关的情况并向裁判长报告；

17.6.8 将所有与规则有关的争议提交裁判长（类似的申诉，运动员必须在下一次发球击出前提出；如在一局结尾，则应在离开赛场前提出）。

附　　录

一、球场和球场设备的变通

1. 如不设置网柱，必须采用其他办法标出边线通过网下的位置。例如，使用细柱或 40 毫米宽的条状物固定在边线上，垂直向上到网顶绳索处。

2. 如面积不够画出双打球场，可画一个单打球场(图六)。端线亦为后发球线，网柱或代表网柱的条状物应放置在边线上。

二、礼让比赛

在礼让比赛中，规则有以下变化：

1. 规则规定的一局分数不改变（即不执行规则 7.4 所述的"加分"赛）。

2. 规则 8.1.3 改为：

"在第三局或只进行一局的比赛中，当一方得分到达局分的一半时(如不是整数，则按四舍五入计)。"

三、一局非 11 分或 15 分的比赛

经事先商定，允许只进行一局为 21 分的比赛，在这种情况下，规则有以下变化：

1. 规则 7.2 规定的 15 分应改为 21 分。

2. 规则 7.3 规定的 11 分应改为 21 分。

3. 规则 7.4 应改为：

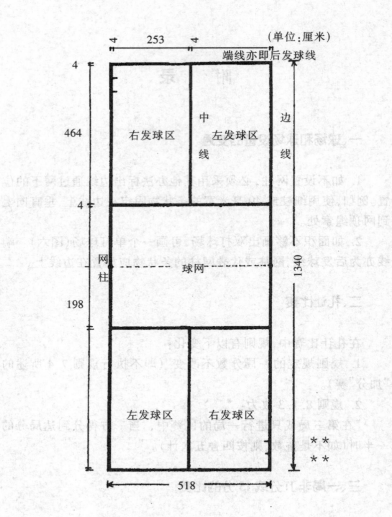

（单位：厘米）

图六

注：
1. 此场地仅用于单打比赛；
2. 单打球场对角线长 = 14.366 米；
3. "＊＊"为检验球速区标记。

144

"如比分为 20 平时,先获得 20 分的一方应选择规则 7.4.1 或 7.4.2 的规定"。

4. 规则 7.4.1 应改为:

"继续比赛到 21 分,即不加分"。

5. 规则 7.4.2 应改为:

"加分赛到 23 分"。

6. 规则 8.1.3 应改为:

"当领先的比分达到 11 分时"。

四、裁判员临场规范用语

本规范用语,应被裁判员用于控制一场比赛。

1. 宣报及介绍

1.1 女士们、先生们,这是:

1.1.1 男子单打(或其他)半决赛(或决赛)。

1.1.2 汤姆斯杯(或其他)第一单打(或其他)比赛。

1.2.1 在我右边……(运动员姓名),在我左边……(运动员姓名)。

1.2.2 在我右边……(国名或队名)……(运动员姓名),在我左边……(国名或队名)……(运动员姓名)。

1.3.1 ……(运动员姓名)发球。

1.3.2 ……(国名或队名)发球。

1.4 ……(运动员姓名)发球,……(运动员姓名)接发球。

2. 比赛开始及报分

2.1 比赛开始,零比零。

2.2 换发球。

2.3 第二发球。

2.4 局点……比……例："局点 14 比 6"或"局点 16 比 14"。

2.5 场点……比……例："场点 14 比 8"或"场点 16 比 14"。

2.6 局点……平,例："局点 14 平"或"局点 16 平"。

2.7 第一局……胜（团体赛用国名或队名），……（比分）。

2.8 第二局……胜（团体赛用国名或队名），……（比分）。

2.9 你要加分吗?

2.9.1 不加分,赛至 15(11)分。

2.9.2 加分赛至 17(13)分。

2.10 ……号球场 20 秒。

2.11 局数 1 比 1。

2.12 ……号球场间歇 5 分钟。

2.13 ……号球场 2 分钟。

2.14 ……号球场 1 分钟。

3. 一般用语

3.1 准备好了吗?

3.2 到这里来。

3.3 这个球可以吗?

3.4 试球。

3.5 换球。

3.6 不换球。

3.7 重发球。

3.8 交换场区。

3.9 你发球顺序错误。

3.10	你接发球顺序错误。
3.11	你不得干扰这个球。
3.12	球触及你。
3.13	你触网。
3.14	你站错区。
3.15	你分散对方注意力。
3.16	你两次击球。
3.17	你"拖带"。
3.18	你侵入对方场区。
3.19	你妨碍对方。
3.20	你放弃比赛吗?
3.21	接发球违例。
3.22	发球违例。
3.23	继续比赛。
3.24	比赛暂停。
3.25	警告,……(运动员姓名)行为不端。
3.26	违例,……(运动员姓名)行为不端。
3.27	违例。
3.28	界外。
3.29	司线员——做手势。
3.30	发球裁判员——做手势。
3.31	第一发球。
3.32	第二发球。
3.33	擦地板。

4. 比赛结束

4.1	比赛结果……(运动员姓名或队名)胜,……(各局比分)。
4.2	……(运动员姓名或队名),放弃比赛。
4.3	……(运动员姓名或队名),取消比赛资格。

147

5. 分数

0～23。

五、伤残人羽毛球比赛规则

以下羽毛球比赛规则适用于各种伤残类型：

1. 可走动（比赛规则不变）

无需器械辅助能行走的伤残人。

2. 半走动

仅依靠下列器械便可直立行走的伤残人：
拐杖；
手杖；
支撑架；
腿支架；
假腿。

3. 不可走动

使用下列器械采用坐姿行进的伤残人：
靠背椅；
轮椅；
凳子。

羽毛球比赛规则有关条款更改如下：

规则 1.1 中的图一部分更改为图七。

规则 9.1.2 和 9.1.3 对于半走动和不可走动类型的比赛，发球员和接发球员的规定引申为：器械的每个部分都必须在相应的

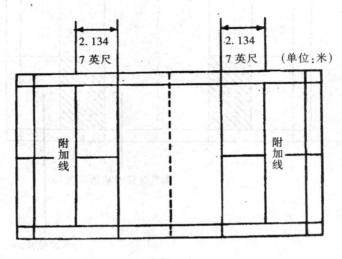

图七

发球区内,保持与地面接触,不得移动,直至将球发出;并删去"斜对角"一词。

规则 9.1.5 和 9.1.6 对于半走动类型的比赛不变动;对于不可走动类型的比赛,由于医学条件的限制,可以不执行。

规则 10 有关单打比赛更改部分见图八,其阴影区域表示球场范围。

注:由于双方仅存一个发球区,故不实行规则中有关"左""右"及"交替发球"的规定。

规则 13 有关双打比赛更改部分见图九,其阴影区域表示球场范围。

运动员必须在该局比赛开始前选择的发球区发球和接发球,直至该局比赛结束。

发球未被击回,或接发球方出现违例,则发球方得 1 分,发球方每得 1 分,由发球方另一人从另一发球区发球,只要继续得分,两人仍继续交替发球。

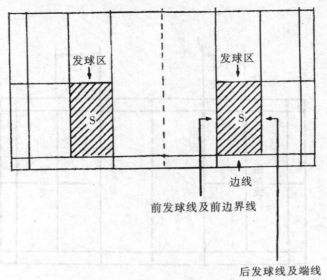

发球区　　　　　发球区

S　　　　　S

边线

前发球线及前边界线

后发球线及端线

图八

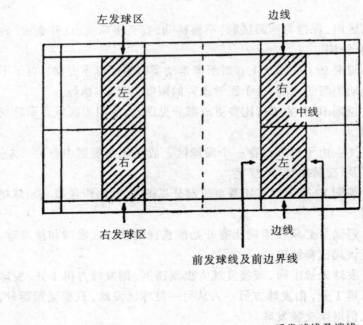

左发球区　　　　　边线

左　　　　　右

中线

右　　　　　左

右发球区　　　　　边线

前发球线及前边界线

后发球线及端线

150　　　　　图九

规则 13.2.5 引申为：如运动员或其辅助器械或其支撑架触及球则判违例。

羽毛球比赛规则的其他规定均不改变。

六、公制与英制对照表

规则中所有的长度单位均用米或毫米表示，也可用英尺或英寸表示。公制与英制的单位换算如下：

毫米	英寸
15	⅝
20	¾
25	1
28	1⅛
40	1½
58	2¼
64	2½
68	2⅝
70	2¾
75	3
220	8⅝
230	9
280	11
290	11⅜

毫米	英尺	英寸
380	1	3
420	1	4½
490	1	7½
530	1	9
570	1	10½
680	2	2¾
720	2	4½
760	2	6
950	3	1½
990	3	3
米	英尺	英寸
1.524	5	
1.550	5	1
2.530	8	3¾
3.880	12	9
4.640	15	3
5.180	17	
6.100	20	
13.400	44	

第二章 对临场裁判人员的建议

1. 引言

1.1 国际羽联发布《对临场裁判人员的建议》，目的是期望所有国家能依据《羽毛球比赛规则》，使控制临场比赛的裁判工作标准化。

1.2 本《建议》向裁判员提出，在保证遵守规则的同时，应严格、公正、不滥用职权地控制好比赛；同时还对发球裁判员和司线员怎样执行他们的职责给予指导。

1.3 所有的临场裁判人员必须记住比赛是为运动员的。

2. 裁判人员及其裁决

2.1 裁判员在裁判长的领导下工作并向裁判长负责（未设裁判长时，向竞赛负责人负责）。

2.2 发球裁判员一般由裁判长指派，但裁判员与裁判长商议后可予以更换。

2.3 司线员一般由裁判长指派，但裁判员与裁判长商议后可予以更换。

2.4 临场裁判人员对其所分管职责的事实的裁决是最后的决定。

2.5 当一名临场裁判人员未能作出判断时，裁判员可作出裁决，若裁判员也不能做出判断时，则判"重发球"。

3. 对裁判员的建议

3.1 比赛开始前,裁判员应:

3.1.1 向裁判长领取记分表。

3.1.2 保证计分器能正常工作。

3.1.3 检查网柱或其他替代物是否正确。

3.1.4 检查网高并保证球网两端与网柱之间没有空隙(如果已指派了发球裁判员,按通常惯例,裁判员可将规则 3.1.3 和 3.1.4 规定的职责委托给发球裁判员)。

3.1.5 注意是否有羽毛球触及障碍物的补充规定;

3.1.6 确保发球裁判员与司线员明确各自的职责,并安排在正确的位置(《建议》5 和 6)。

3.1.7 确保有足够数量并经过检验的羽毛球(规则 3)供比赛使用,避免比赛中耽搁时间。

3.1.8 检查运动员服装上的广告是否符合有关规定,并确保对违犯者给予纠正。有关纠正的情况及疑问,在该场比赛之后立即向裁判长或竞赛负责人报告。

3.2 比赛开始,裁判员应:

3.2.1 保证公正地执行"掷挑边器"的规定,使赢方和输方能正确进行他们的选择(规则 6)。

3.2.2 双打时,记下开局时站在右发球区的运动员姓名,类似的记录在每一局开始时都必须做(以便随时查对运动员发球时是否在正确的发球区内,如果某一运动员因发球区错误而没有被注意到,可以不再纠正,但裁判员必须相应地更改记录)。

3.2.3 由裁判长决定比赛的宣报用完整或简单的形式。介绍运动员时,用手指向相应的右边或左边。

完整形式(单项比赛):

"女士们、先生们,这是男子单打(或其他)半决赛(或决赛),在我右边是'X',在我左边是'Y'。'X'发球;比赛开始,零比零。"

简单形式(单项比赛):

"女士们、先生们,在我右边是'X',在我左边是'Y','X'发球;比赛开始,零比零。"

完整形式(团体赛单打):

"女士们、先生们,这是(例如)汤姆斯杯第一单打(或其他)比赛,在我右边是'X'(运动员姓名)、'A'(国名),在我左边是'Y'(运动员姓名)、'B'(国名)。'A'发球;比赛开始,零比零"(在这里,凡涉及团体赛的单打场次,宣报'A'和'B'就相当于运动员'X'和'Y')。

简单形式(团体赛单打):

"女士们、先生们,在我右边是'X''A',在我左边是'Y''B'。'A'发球;比赛开始,零比零。"

双打比赛,宣报时应区分发球员和接发球员:

(单项比赛)"……在我右边是'W'和'X',在我左边是'Y'和'Z'。'X'发球,'Y'接发球;比赛开始,零比零。"

(团体比赛)"……在我右边是'W'和'X'(运动员姓名)、'A'(国名或队名),在我左边是'Y'和'Z'(运动员姓名)、'B'(国名或队员)。'A''X'发球,'B''Y'接发球;比赛开始,零比零。"

3.3 比赛时裁判员应记录和报分。

3.3.1 总是先报发球员的分数。

3.3.2 单打比赛中,当运动员失去发球权时,宣报"换发球";随后报分,并应先报新发球员的分数。

3.3.3 双打比赛中,一局开始只报分数,直至首先发球员失去发球权时,宣报"换发球";随后报分时,新发球方的分数应在前；此后，每轮首先发球员失去发球权时，报分后应接着报"第二发球"，直至第二发球员失去发球权时，宣报"换发球"和比分，新发球方的分数仍应在前。

3.3.4　当每局一方的分数第一次到达 14 分或女子单打 10 分时，应宣报"局点"或"场点"。如遇加分赛，又出现"局点"或"场点"时，仍要在第一次出现时再宣报"局点"或"场点"。用英语宣报时，"局点"或"场点"总是在发球方分数和接发球方分数之间。

　　　　当一局分数第一次到达 14 平（10 平）时，在问运动员是否加分之前，应宣报"局点 14 比 14"或"场点 14 比 14"（"局点 10 比 10"或"场点 10 比 10"）。

3.3.5　只有裁判员才能宣报"比赛开始"，以表明一场或一局比赛的开始，或宣报"继续比赛"，以表明在决胜局交换场区后继续比赛；也表明比赛中断之后恢复比赛；还表明裁判员正在提醒运动员继续比赛。

3.3.6　当违例发生时，裁判员应宣报"违例"，以下情况除外：

　　　　——发球裁判员根据规则 9.1～9.3 宣报"违例"时，裁判员应宣报"发球违例"以认可这一裁决。

　　　　——司线员根据规则 13.2.1 的规定宣报或出示明确的手势。

　　　　——属于规则 13.2.2 或 13.2.3 的情况，如果有必要向运动员或观众阐明时才宣报"违例"。

3.3.7　在一局比赛中第一次"14（10）平"时，应问首先到达 14（10）分的一方："你要加分吗？"如果回答是肯定的，则宣报："加分赛至 17（13）分"（必要时加报"第二发球"），如果回答是否定的，则宣报："不加分，赛到 15（11）分。"如果确定要加分，应宣报："加分赛至 17（13）分"，接着宣报"14 比 14（10 比 10）"（必要时加报"第二发球")。

3.3.8　每一局最后一个回合结束,必须立即宣报"……局比赛结束",而不受鼓掌、喝彩声等影响,规则 16.2 允许的间歇时间从此时开始算起。

第一局结束后,宣报:

"第一局……(运动员姓名或团体赛的队名)胜……(比分)。"

第二局结束后,宣报:

"第二局……(运动员姓名或团体赛的队名)胜……(比分)。"

如果只赛一局即胜该比赛,则宣报:

"比赛结束……(运动员姓名或团体赛的队员)胜……(比分)。"

3.3.9　如果间歇 90 秒,到了 70 秒,应宣报:"……号球场 20秒",并重复宣报。

第二局比赛开始,宣报:"第二局,比赛开始,零比零。"

3.3.10　如果必须赛第三局,在按照规则 3.3.8 的规定宣报后,立即宣报:"局数 1 比 1。"

如果间歇 5 分钟,应宣报:"……号球场间歇 5 分钟",到了 3 分钟,应宣报:"……号球场 2 分钟",并重复宣报。到了 4 分钟,应宣报:"……号球场 1 分钟",并重复宣报。

第三局比赛开始,宣报:

"决胜局,比赛开始,零比零。"

3.3.11　第三局或只进行一局的比赛,当领先的一方达到 6或 8 分时(规则 8.1.3),报分后接着宣报"交换场区"。

运动员交换场区后,宣报"继续比赛",并再次报分。

3.3.12 一场比赛结束，应立即将记录完整的记分表送交裁判长。

3.4 如果指派了发球裁判员，发球时裁判员应注意接发球员的动作。

3.5 球落在界线附近或无论界外多远，裁判员都应看司线员。司线员对自己的裁决负全责。

3.6 比赛时，裁判员应：

3.6.1 尽可能随时注意计分器是否正常工作；

3.6.2 当球落在未设司线员而由裁判员负责的界线外，或落在界线外而负责该线的司线员未能看清时，应先宣报"界外"再报分。

3.7 比赛时，裁判员应使用羽毛球比赛规则(附录4)中的临场规范用语。

3.8 比赛时，应注意以下情况并按下列要求处理：

3.8.1 运动员从网下滑入对方场区并妨碍对方或分散对方注意力，或将球拍掷入对方场区，应根据规则13.4.2或13.4.3判违例。

3.8.2 双打同伴之间正在击球时的喊叫，不作分散对方注意力论。

3.8.3 比赛时，应制止场外指导；如果裁判员制止无效，应立即报告裁判长。

3.8.4 运动员在球场边擦手等，如不使比赛中断是允许的；如对方已做好比赛准备，要离开球场则必须经裁判员同意（规则16.5.2），必要时执行规则16.8。

3.8.5 比赛时换球应是公正的。如果双方同意换球，裁判员不应反对；如果仅一方提出换球，裁判员应作出决定，必要时检验球。

3.8.6 一名运动员一次挥拍击球两次，不属规则13.6所述的"违例"。

3.9 严格执行"未经裁判员允许，运动员不得离开球场"的规定。

3.10 裁判员必须仔细、灵活地处理比赛时运动员的伤病问题，准确判定伤病的严重程度，恰当地执行规则16.4、16.5、16.7.1和16.8的规定，处理时不能给另一方造成不利影响。一般情况下，只允许一名医生（或护理人员）和裁判长进入球场。

3.11 如果比赛不得不暂停,应宣报：

"比赛暂停",并记录比分、发球员、接发球员、正确的发球区和场区。

恢复比赛时,先宣报：

"准备好了吗?"接着报分（必要时加报"第二发球"）和宣报"继续比赛"。

3.12 球的速度或飞行性能受到干扰,应换球。

3.13 行为不端。

3.13.1 记录不端行为，按规定给予处理并向裁判长报告情况。

3.13.2 执行规则16.8时,应招呼违犯的运动员："到这里来",并宣报："警告,……（运动员姓名）行为不端"或"违例,……（运动员姓名）行为不端",同时将右手举过头（图十）。

图十

158

4. 裁判工作基本要求

4.1 通晓《羽毛球竞赛规则》。

4.2 宣报要迅速而有权威，如有错误应承认，并道歉更正。

4.3 所有的宣判和报分必须响亮、清晰，使运动员和观众都能听清。

4.4 对是否发生违例有怀疑时，不应宣判，让比赛继续进行。

4.5 绝不可询问观众或受他们评论的影响。

4.6 加强与其他临场裁判人员的配合，例如慎重地接受司线员的判决，与他们建立良好的工作关系。

5. 对发球裁判员的要求

5.1 发球裁判员应坐在网柱旁的矮椅上，最好在裁判员的对面。

5.2 发球裁判员负责判决发球员的发球是否合法（规则9.1~9.3）。如不合法，则大声宣报"违例"，并用规定的手势指明违例的类型。

5.3 规定手势是：

规则9.1.6

击球瞬间，球拍杆未指向下方，整个拍头未明显低于发球员的整个握拍手部（图十一）。

规则9.1.5

击球瞬间，球的整体未低于发球员的腰部（图十二）。

规则9.1.1、9.4和9.1.7

不正当地延误发球的击出。一旦双方站好位置，

图十一 图十二

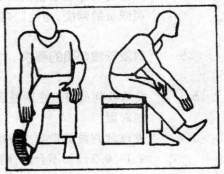

图十三 图十四

发球员的球拍头第一次向前挥拍即为发球开始，挥拍必须连续向前(图十三)。

规则 9.1.2 和 9.1.3

发球击出前，脚不在发球区内、触线或移动(图十四)。

规则 9.1.4

最初击球点不在球托上（图十五）。

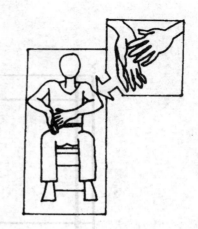

图十五

5.4　裁判员可给发球裁判员安排额外的职责，但要事先通知运动员。

6.　**对司线员的要求**

6.1　司线员应坐在他所负责线的延长线上，最好面向裁判员（图十六、十七）。

6.2　司线员对所负责的线负全责。如球落在界外，无论多远均应立即大声清晰地宣报"界外"，使运动员和观众都能听清，同时两臂侧举，使裁判员能看得清（图十八）。

　　　如球落在界内，不宣报，只用右手指向界线（图十九）。

　　　在实际安排时，司线员的位置与球场的理想距离约 2.5～3.5 米，并使他们不会受到场外的影响（如摄影记者）。

6.3　如未能看清，应立即举起双手盖住眼睛向裁判员示意（图二十）。

6.4　球触地前不要宣报或做手势。

6.5　只负责宣报球的落点，不要干预裁判员的裁决，例如球触及运动员。

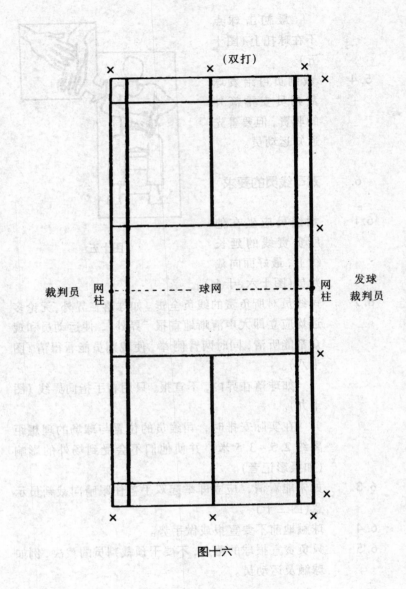

（双打）

裁判员　网柱　------- 球网 ------- 网柱　发球裁判员

图十六

注:X 为司线员位置。

162

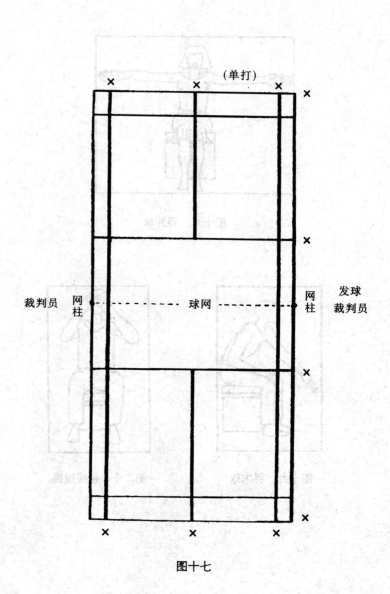

（单打）

裁判员　网柱·－－－－－球网－－－－－网柱　发球裁判员

图十七

163

图十八　界外球

图十九　界内球

图二十　视线被挡

164

第三章 羽毛球竞赛章程

第一节 比赛项目

一、团体赛

男子团体、女子团体、男女混合团体。
团体比赛常用的两种方式：

1. 三场制

1.1　每队 2~4 人参加比赛。两名单打、一对双打(可由单打运动员兼)，共进行三场比赛。

1.2　比赛场序为：单、双、单(或单、单、双)。

1.3　采用三场两胜制，亦可赛完三场后以获胜场数多者为胜队。

2. 五场制

2.1　每队 4~9 人参加比赛。三名单打、两对双打(可由单打运动员兼)，混合团体赛为两名单打、三对双打(可由单打运动员兼)，共进行五场比赛。

2.2　比赛场序为：单、单、双、双、单，单、单、单、双、双或单、双、单、双、单。

2.3　混合团体比赛场序为：男单、女单、男双、女双、混双。

2.4　裁判长根据运动员兼项情况可调整场序。

2.5　　　采用五场三胜制，亦可赛完五场后以获胜场数多者
　　　　为胜队。

二、单项比赛

男子单打、女子单打、男子双打、女子双打、混合双打。

第二节　比赛方法

　　一般采用单淘汰赛和单循环赛两种。有时也可以综合这两种
比赛方法的优点，采用阶段赛方法，即：第一阶段分组循环赛，第二
阶段淘汰赛。

一、单循环赛

　　参加比赛的运动员（或队）之间轮流比赛一次，为单循环赛。
　　循环赛由于参加运动员（或队）之间比赛的机会多，有利于相
互学习，共同提高，故能比较正确地赛出名次。但循环赛场数多，比
赛时间长，使用场地数量也多，因此循环赛的人数（或队）不宜过
多。在人数（或队）过多时，可采用分组循环赛的办法。采用分组循
环赛时，一般以 4~6 人（或队）分为一组比较适宜。

1. 轮数和场数

　　在循环赛中，每一运动员（或队）出场比赛一次，称为"一轮"。
当人（或队）数为偶数时，轮数=人数（或队）-1；人数（或队）为奇
数时，轮数=人（或队）数。

$$场数 = \frac{人（或队）数 \times [人（或队）数 - 1]}{2}$$

2．顺序的确定

一组或多组场采用"1号位固定逆时针轮转法"。如果组中有同单位的运动员(队)者,应首先进行比赛。逆时针轮转方法是1号位置固定不动,其他位置每轮按逆时针方向轮转一个位置,即可排出下一轮的比赛顺序。

例:6人(或队)参加比赛的排法:

第一轮	第二轮	第三轮	第四轮	第五轮
1－6	1－5	1－4	1－3	1－2
2－5	6－4	5－3	4－2	3－6
3－4	2－3	6－2	5－6	4－5

当人(或队)数为单数时,用"0"补成双数,然后按逆时针轮转排出各轮比赛顺序。其中遇到"0"者为轮空。

3．决定名次的方法

3.1　　按获胜场数定名次。

3.2　　两名(对)运动员获胜场数相等,则两者间比赛的胜者名次列前。

3.3　　三名(队)或三名(对)以上运动员获胜场数相等,则按在该组比赛的净胜局数定名次。

3.4　　计算净胜局数后,如还剩两名(对)运动员净胜局数相等,则两者间比赛的胜者名次列前。

3.5　　计算净胜局数后,还剩三名(对)或三名(对)以上运动员净胜局数相等,则按在该组比赛的净胜分数定名次。

3.6　　计算净胜分数后,如还剩两名(对)运动员净胜分数相等,则两者间比赛的胜者名次列前。

3.7　　如还有三名(对)或三名(对)以上运动员净胜分数相

等,则以抽签定名次。

3.8 团体赛按以上办法,依胜次、场数、局数、分数顺序计算成绩。

4.分组循环赛与种子的分布

在参加人数(或队)较多的情况下,为了不过多增加比赛的场数和延长比赛的日期,又能排定各队的名次,常采用分组循环赛的办法。组数确定后,可用抽签的方法进行分组,也可采用"蛇形排列方法"进行分组。如以团体赛16个队分成四组为例,则按下表分组:

第一组 1、8、9、16
第二组 2、7、10、15
第三组 3、6、11、14
第四组 4、5、12、13

上表中的数字是各队的顺序号,它是按照各队实力强弱列的。也就是说,数字越小,实力越强,数字号码相当于该队的名次。

用抽签方法进行分组时,如仍以上述16个队为例,则须先确定4个或8个种子,把种子顺序排列出来,然后按上述"蛇形排列方法"或"抽签方法"进行分组。最后非种子队用抽签方法抽进各组。

二、单淘汰赛

运动员(或队)按编排的比赛秩序,由相邻的两名运动员(或队)进行比赛,败者淘汰,胜者进入下一轮比赛,直至淘汰成最后一名胜者(或队)——冠军,比赛即告结束。

淘汰赛由于比赛一轮淘汰1/2的运动员(或队),可使比赛的场数相对减少,所以在时间短、场地少的情况下,采用单淘汰赛能接受较多的运动员(或队)参加比赛,并可使比赛逐步走向高潮,一轮比一轮紧张激烈。按体育竞赛的特点来说,淘汰赛是一种比较好的比赛方法。但由于负一场就被淘汰,所以大部分运动员或队(特别是实力较弱的)参加比赛的机会较少,所产生的名次也不尽合理。

1.轮数和场数

单淘汰赛的轮数等于或大于最接近运动员人(队)数的 2 的乘方指数,是 2 的几次方即为几轮。

场地 = 人(队)数 – 1

2.轮空位置的分布

当参加比赛的人(队)数为 4、8、16、32、64 或较大的 2 的乘方指数时,他们应按比赛顺序成双相遇地进行比赛。如下图所示。

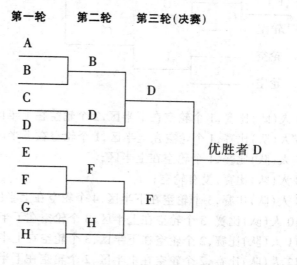

当参加比赛的人(队)数不是 2 的乘方指数时,第一轮应有轮空。轮空数等于下一个较大的 2 的乘方指数减去比赛的人(队)数的差数。轮空数为双数时,应平均分布在比赛图的不同的 1/2 区,

1/4 区,1/8 区,1/16 区(种子位置和轮空位置见附表)。如轮空位置为单数,则上半区应比下半区多一个轮空。

例:9 个单位参加比赛,轮空数为 16 – 9 = 7;3 个轮空在下半区,4 个轮空在上半区。这样,第一轮只有一场比赛。如下图所示。

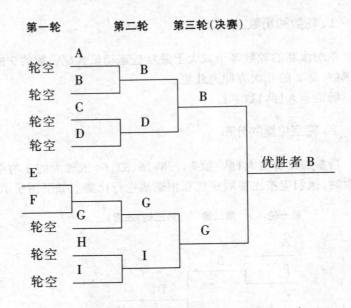

5 人(队)比赛,1 个轮空在下半区,2 个轮空在上半区;
6 人(队)比赛,1 个轮空在上半区,1 个轮空在下半区;
7 人(队)比赛,1 个轮空在上半区;
8 人(队)比赛,没有轮空;
9 人(队)比赛,3 个轮空在下半区,4 个轮空在上半区;
10 人(队)比赛,3 个轮空在上半区,3 个轮空在下半区;
11 人(队)比赛,2 个轮空在下半区,3 个轮空在上半区;
12 人(队)比赛,2 个轮空在上半区,2 个轮空在下半区;
13 人(队)比赛,1 个轮空在下半区,2 个轮空在上半区;
14 人(队)比赛,1 个轮空在上半区,1 个轮空在下半区;
15 人(队)比赛,1 个轮空在上半区。

更多的人(队)数,以此类推。

64 人(队)以下时,应把轮空位置平均分配到 8 个不同的 1/8 区。65 人(队)以上时,应把轮空位置平均分配到 16 个不同的 1/16 区。

3．抽签办法

3.1　　种子数

64 个(队)或 64 个(对)以上运动员(队)参加的比赛,最多设 16 个种子分布在各个 1/16 区;32 个(对)或 32 个(对)以上运动员(队)参加的比赛,最多设 8 个种子分布在各个 1/8 区;16 个(对)或 16 个(对)以上运动员(队)参加的比赛,最多设 4 个种子分布在各个 1/4 区;少于 16 个(对)运动员(队)参加的比赛,最多设 2 个种子分布在各个 1/2 区。种子采用抽签办法进位。

3.2　　种子的抽签

任何公开比赛都要执行"种子"均匀分布的原则。

3.2.1　　只有两个种子时,第一号在 1 号位,第二号在最后的号位。

3.2.2　　4 个种子时,第一号和第二号按上述办法定位,第三号和第四号用抽签办法分别进入第二个 1/4 区的顶部和第三个 1/4 区的底部。

3.2.3　　8 个种子时,第一、二、三和四号按上述办法定位,其他种子用抽签分别进入还没有抽进种子的各个 1/8 区内。抽进上半区的,应在第二、第四个 1/8 区的顶部;抽进下半区的,应在第五、第七个 1/8 区的底部。

3.2.4　　同一队的两名种子选手,应抽进不同的 1/2 区;同一队的三名或四名种子,应抽进不同的 1/4 区;同一队的五名至八名种子,应抽进不同的 1/8 区。

3.3　　一般运动员的抽签

同属一个队的运动员,应按以下办法抽签进位:

3.3.1　第一、二号选手,分别进入不同的 1/2 区;

3.3.2　第三、四号选手,分别进入不同的 1/2 区中没有同队
　　　　选手的 1/4 区;

3.3.3　第五至八号选手,分别进入不同的 1/2 区中没有同
　　　　队选手的 1/8 区。

任何级别的比赛都要遵照这些规定执行。以 17 人(对)参加比赛为例:

比赛表中第一轮上半区轮空位置应为 1 号至 8 号,下半区轮空位置应为 11 号至 17 号。第一、二号种子分别定位在 1 号、17 号位,第三、四号种子用抽签分别进入 5 号和 13 号位。

以 33 人(对)参加比赛为例:

第一、二号种子分别定位在 1 号、33 号位。第三、四号种子用抽签分别进入 9 号和 25 号位。第五、六、七、八号种子用抽签分别进入 5 号、13 号、21 号和 29 号位。

4．附加赛

单淘汰赛只能产生第一、二名,如果比赛需要排出第一、二名以后的若干名次,则需要另外再增加几场比赛,增加的这几场比赛称为附加赛。附加赛的比赛秩序如下图中的"虚线"部分。

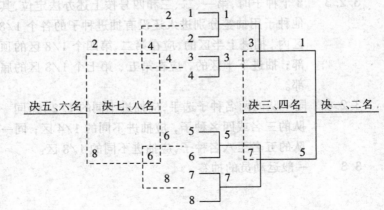

5.预选赛

遇参加比赛的运动员超过 64 人（对）时，建议竞赛组织者在竞赛委员会或裁判长监督下进行争夺参加正式比赛资格的比赛：

5.1　　未被直接安排参加正式比赛的运动员，将参加竞赛组织者安排的旨在进入正式比赛规定位置的预选赛。

5.2　　建议在正式比赛的抽签位置中，每八个位置最多只能安排一个获得进入正式比赛资格的运动员。

第三节　确定"种子"的原则

"种子"是根据技术水平确定的。技术水平主要是看运动员在各级比赛中所取得的成绩，如世界锦标赛、洲际比赛或大型国际比赛的成绩，以及全国比赛的成绩和其他比赛的成绩等。

考虑比赛成绩时，要以最近的比赛和所参加的高级大型比赛的成绩为主，远的服从近的，低的服从高的。在双打比赛中确定"种子"时，除依据上述原则外，还可参考单打比赛或其中一人的双打成绩。举办比赛的有关委员会可对确定"种子"的原则作补充规定。

第四节　报名顺序

各单位应根据技术水平排列运动员的报名顺序，以便抽签编排。必要时，竞委会有权更改报名顺序。

第五节　运动员的替补

竞委会或裁判长，不应允许对所公布的各项抽签结果进行更

改。但若是原参加比赛的运动员因伤、病或其他意外的原因,可同意进行替补,这一替补必须符合以下条件:

1. 必须是在本次比赛第一场开始以前。

2. 替补运动员(或一对运动员)实力水平比原运动员(或一对运动员)低。

3. 运动员被替换后不得再参加比赛。

4. 任何一对双打都不应由于他们的搭配而影响其他对双打。如两对双打各只剩下一名运动员,则剩下的两名运动员可搭配成一对。

5. 如原配对双打抽签位置是轮空,则替补的新配对仍可占该位置,否则应用抽签定位。

6. 一名运动员在同一项比赛中只能占用一个位置号。

7. 有预选赛的比赛,应事先排出替补正式比赛运动员的顺序。凡正式比赛中有运动员不能参加比赛时,即可依次替补。但预选赛一旦开始,就不能替补。

第六节　比赛日程安排

1. 羽毛球比赛运动量较大,在条件许可时,每天的比赛最好安排两节,即在上午和晚上进行。

2. 若比赛既有团体赛,又有单项赛,则团体赛应在单项比赛开始之前结束。

3. 在条件许可的情况下,比赛日程中应安排一天休息。最好安排在团体赛和单项赛之间,或安排在第一阶段比赛和第二阶段比赛之间。

4. 在单项比赛中,每名运动员一天内不应安排超过6场比赛,而且同一个项目的比赛不应超过3场;在一节比赛中,不应安排超过3场,同一个项目的比赛不应超过2场。

5. 在团体赛中,每个队一天内不应安排超过2次五场制的团体赛；一节中不应安排超过 1 次五场制的团体赛。

6. 若遇特殊情况，经竞赛主办单位同意，可不受此限制。

7. 在国际羽联批准的比赛中，不论国际羽联有无任命代表到场，都不允许要求运动员在上一场比赛结束后 30 分钟内开始另一场比赛。当比赛在天气比较热、湿度比较高的条件下进行时，可以允许适当延长间歇时间。

第七节　场地规定

1. 对于奥运会、世界锦标赛、苏迪曼杯、汤姆斯杯和尤伯杯决赛阶段的比赛，整个比赛场地净空的最低高度应是 12 米（39 英尺）。

2. 在球场区域上空的这一高度内，不应有横梁或其他障碍物。

3. 对于所有其他国际比赛，这一高度最好是 12 米（39 英尺），如达不到这一高度，也应达到 9 米（30 英尺）高度。

4. 球场所有界线外，最少应有 2 米（6½英尺）的空地。并列的两个球场之间最少也应有 2 米的距离。球场周围的背景应当是深色的。

5. 对球网上的广告问题，应执行国际羽联竞赛章程 13.6 的规定。

6. 凡与国际羽联重大的比赛有关的组织都必须执行上述规定。

7. 在特殊环境中，经有关部门批准，可以变更上述规定。

第八节　比赛用球

1. 由竞赛组织者确定一个牌号的比赛用球。

2. 至少应准备三种速度的比赛用球，由竞赛组织者遵照规则

2 指定。

3. 每节比赛使用哪一种速度的球由裁判长决定,运动员不得选择球的速度。

第九节　服装颜色和广告

1. 服装

1.1　为使羽毛球比赛更具观赏性,在所有国际羽联批准的比赛,包括它主办的比赛中,运动员穿着的服装均被认可为羽毛球比赛服装。同时,国际羽联建议,双打比赛同队两名运动员的服装颜色应当一致。

1.2　根据本章程,除球拍外,运动员在比赛中所穿戴的套衫、短袖上衣、短裤、裙子、袜子、鞋、头箍、毛巾、护腕、绷带及医用护具等,均属运动服装。

1.3　在所有比赛中,只对运动员比赛时所穿服装进行规定。

1.4　在各项比赛中,关于服装广告的规定,在比赛发起书上,征求报名表上以及参赛者的通知书等有关通讯联系中,必须明确给予指出。

1.5　在执行竞赛总规程 14 至 18 时,裁判长的决定是最终裁决。

2. 运动服装的颜色

在国际羽联批准的比赛中,包括它主办的比赛及综合运动会中,运动服装可以是单一颜色或多种颜色。

3. 运动服装的图案设计

3.1　在国际羽联批准的比赛,包括它主办的比赛及综合运动会中，服装的图案设计应符合国际羽联总规程 16.2 至 16.4 的规定。

3.2　服装的图案设计不能带有广告。

3.3　短袖上衣前面可以有运动员所代表的国家的国旗或国徽。

3.4　运动服装的广告设计允许有国际羽联章程 18 规定的广告标志的组成部分，但必须在规定的尺寸范围内。

4.运动服装上的字母

4.1　在所有国际羽联批准的比赛，包括它主办的比赛及综合运动会中，运动服上的字母必须符合章程 17.2 至 17.3 的规定。

4.2　运动服上字母必须是符合章程 18 规定的一个广告标志的组成部分，而且其尺寸必须在规定的范围内。

4.3　运动员姓名或其国名应在短袖上衣的背面,同时,应符合章程 17.3.1 至 17.3.4 规定。

4.3.1　字母形式采用罗马字体。

4.3.2　运动员的姓名必须包括其姓氏(可用缩写形式)和名字。

4.3.3　为使观众能够看清字母，字体的高度最好是 10 厘米。如果短袖上衣背面已有图案,则字母最好在短袖上衣的正面。

4.3.4　建议将字母水平排列在接近上衣上半部的位置。

5.运动服装上的广告

5.1　在所有国际羽联批准的比赛，包括它主办的比赛及综合运动会中，运动服装上的广告必须符合章程

18.2 至 18.5 的规定。

5.2　　短袖上衣上的广告必须符合 18.2.1 至 18.2.3 的规定。

5.2.1　广告标志只能出现在以下部位：
左袖、右袖、左领、右领及上衣正面。每个标志的面积不能超过 20 平方厘米，广告标志的总数不超过 3 处，每处只能有一个标志。

5.2.2　广告可以是一个具有统一宽度的带状图案，其宽度不超过 10 厘米，这样的带状图案可以任意角度放在短袖上衣正面、背面或两面均有。

5.2.3　如果裁判长认为，比赛赞助者或电视节目策划人对广告的要求与章程 18.2.2 的规定不一致，或违反当地法规，或不礼貌，裁判长应当执行章程 18.2.1 的规定。

5.3　　其他服装：

5.3.1　在每一只袜子、每一只鞋上，可以有两个面积不超过 20 平方厘米的广告标志。

5.3.2　在其他的一件运动服装上，可以有一个面积不超过 20 平方厘米的广告标志。

5.4　　章程 18.2 和 18.3 中的广告可以是服装制造商的标志，也可以是其他赞助者的广告标志。

5.5　　综合性运动会（如奥运会），主办者可以对运动员的比赛服装上的广告做出比章程 18.2 至 18.4 更详细的规定。

注：本章第七、九节中提到的《国际羽联总规程》及《国际羽联章程》未收入本书，请读者另外查询。

第十节 比赛用表

1. 羽毛球团体赛出场名单表

(   )子团体赛出场名单

组别＿＿＿＿＿ 日期＿＿＿＿＿ 时间＿＿＿＿＿ 场号＿＿＿＿＿

＿＿＿＿＿＿队 对 ＿＿＿＿＿＿队

顺　序	运动员姓名

队名＿＿＿＿＿＿＿＿＿＿　　　　教练员签名＿＿＿＿＿＿＿＿

2. 混合团体赛出场名单表

混合团体赛出场名单

组别＿＿＿＿＿ 日期＿＿＿＿＿ 时间＿＿＿＿＿ 场号＿＿＿＿＿

＿＿＿＿＿＿队 对 ＿＿＿＿＿＿队

顺　序	运动员姓名
男子单打	
女子单打	
男子双打	
女子双打	
混合双打	

队名＿＿＿＿＿＿＿＿＿＿　　　　教练员签名＿＿＿＿＿＿＿＿

3.羽毛球团体赛计分表

(　　)团体赛计分表

_____队

对

_____队

阶段	组别(位置号)	日期	时间	场号

姓名　单位　项目	队	队	每局比分			每场结果	裁判员签名
			1	2	3		
1			/	/	/		
2			/	/	/		
3			/	/	/		
4			/	/	/		
5			/	/	/		

比赛结果_____获胜队_____

第___裁判组长签名_____

4.羽毛球比赛记分表

羽毛球比赛记分表

比赛名称 _____
项　目 _____
场　号 _____
日　期 _____

开　始 _____
结　束 _____
裁　判　员 _____
发球裁判员 _____

对

裁判长签名 _____

裁判员签名 _____

比分 _____

胜者 _____

181

种子、轮空位置图

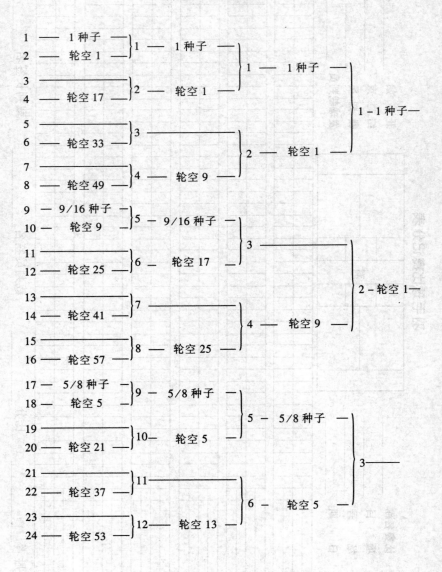

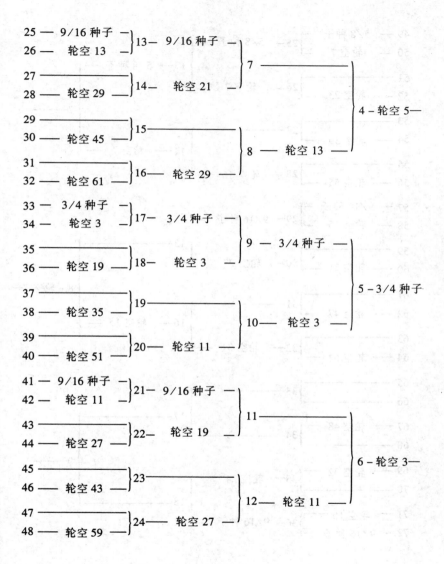

25 — 9/16 种子 —
26 — 轮空 13 —⎰13— 9/16 种子 —
27 ——————
28 — 轮空 29 —⎰14— 轮空 21 —⎱7 ——————
29 ——————
30 — 轮空 45 —⎰15 ——————
31 ——————
32 — 轮空 61 —⎰16— 轮空 29 —⎱8 — 轮空 13 —⎱4 – 轮空 5—

33 — 3/4 种子 —
34 — 轮空 3 —⎰17— 3/4 种子 —
35 ——————
36 — 轮空 19 —⎰18— 轮空 3 —⎱9 — 3/4 种子 —
37 ——————
38 — 轮空 35 —⎰19 ——————
39 ——————
40 — 轮空 51 —⎰20— 轮空 11 —⎱10— 轮空 3 —⎱5 – 3/4 种子

41 — 9/16 种子 —
42 — 轮空 11 —⎰21— 9/16 种子 —
43 ——————
44 — 轮空 27 —⎰22— 轮空 19 —⎱11 ——————
45 ——————
46 — 轮空 43 —⎰23 ——————
47 ——————
48 — 轮空 59 —⎰24— 轮空 27 —⎱12— 轮空 11 —⎱6 – 轮空 3—

```
49 — 5/8 种子 —
              ┤25— 5/8 种子 —
50 — 轮空 7 —                    ├13— 5/8 种子 —
51 ——————————                                        ┤
              ┤26— 轮空 7 —                           ├7———
52 — 轮空 23 —                                       │
                                                     │
53 ——————————                                        │
              ┤27——————————                          │
54 — 轮空 39 —                   ├14— 轮空 7 —
55 ——————————                                        │
              ┤28— 轮空 15 —
56 — 轮空 55 —


57 — 9/16 种子 —
               ┤29— 9/16 种子 —
58 — 轮空 15 —                    ├15——————————
59 ——————————                                        ┤
               ┤30— 轮空 23 —                        │
60 — 轮空 31 —                                       ├8 – 轮空 7—
61 ——————————                                        │
               ┤31——————————                         │
62 — 轮空 47 —                    ├16— 轮空 15 —
63 ——————————                                        │
               ┤32— 轮空 31 —
64 — 轮空 63 —


65 ——————————
               ┤33——————————
66 ——————————                     ├17——————————
67 — 轮空 48 —                                       ┤
               ┤34——————————                         │
68 ——————————                                        ├9———
69 — 轮空 32 —                                       │
               ┤35— 轮空 24 —                        │
70 ——————————                     ├18——————————
71 — 轮空 16 —                                       │
               ┤36— 9/16 种子 —
72 – 9/16 种子 —
```

184

```
73 —— 轮空 56 ——
74 —————————   }37 —— 轮空 16 ——
                                    }19 —— 轮空 8 ——
75 —— 轮空 40 ——
76 —————————   }38 —————————                        }10 ——
77 —— 轮空 24 ——
78 —————————   }39 —— 轮空 8 ——
                                    }20 —— 5/8 种子 ——
79 —  轮空 8  —
80 — 5/8 种子 —  }40 —— 5/8 种子 ——

81 —  轮空 60  —
82 —————————   }41 —— 轮空 28 ——
                                    }21 —— 轮空 12 ——
83 —— 轮空 44 ——
84 —————————   }42 —————————                         }11 — 轮空 4 —
85 —— 轮空 28 ——
86 —————————   }43 —— 轮空 20 ——
                                    }22 —————————
87 —— 轮空 12 ——
88 — 9/16 种子 —  }44 —— 9/16 种子 —

89 —— 轮空 52 ——
90 —————————   }45 —— 轮空 12 ——
                                    }23 —— 轮空 4 ——
91 —— 轮空 36 ——
92 —————————   }46 —————————                        }12 – 3/4 种子 –
93 —— 轮空 20 ——
94 —————————   }47 —— 轮空 4 ——
                                    }24 —— 3/4 种子 ——
95 —— 轮空 4 ——
96 – 3/4 种子 —  }48 —— 3/4 种子 ——
```

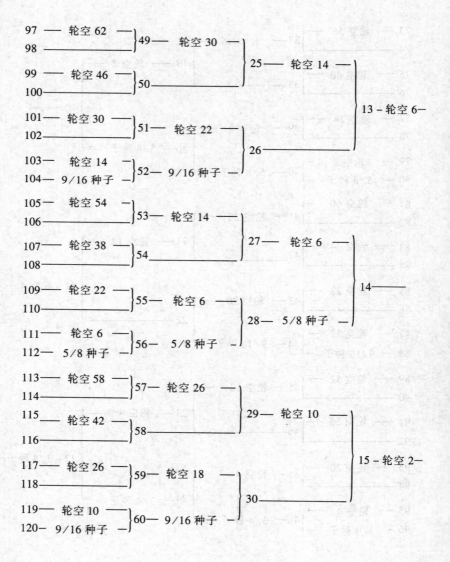

```
121 — 轮空 50 —
                  } 61 — 轮空 10 —
122 ——————
                                   } 31 — 轮空 2 —
123 — 轮空 34 —
                  } 62 ——————
124 ——————
                                                    } 16 – 2 种子—
125 — 轮空 18 —
                  } 63 — 轮空 2 —
126 ——————
                                   } 32 — 2 种子 —
127 — 轮空 2 —
                  } 64 — 2 种子 —
128 — 2 种子 —
```

第四章 国际羽联《羽毛球比赛规则》 (英文版)临场规范用语

VOCABULARY

This Appendix lists the standard vocabulary that should be used by umpires to control a match.

1. Announcements and Introductions

1.1 　　　'Ladies and Gentlemen, this is:

1.1.1 　　the semi – final (or final) of the Men's Single (or etc.) between

1.1.2 　　the first singles (or etc.) of the Thomas Cup (or etc.) tie between

1.2.1 　　on my right······ (player name), and on my left······ (player name)

1.2.2 　　on my right······ (country/team name), represented by ······ (player name), and on my left······ (country/team name), resented by······ (player name)

1.3.1 　　······ (player name) to serve

1.3.2 　　······ (country/team name) to serve

1.4.1 　　······ (player name) to serve to······ (player name)

1.4.2 　　······ (player name) to······ (player name)'

2. Start of match and calling the score

2. 1   'Love all; play'

2. 2   'Service over'

2. 3   'Second server'

2. 4   '···game point···' eg '14 game point 6', or '16 game point 14'

2. 5   '···match point···' eg '14 match point 8', or '16 match point 14'

2. 6   '···game point all···' eg '14 game point all', or '16 game point all'

2. 7   'First game won by······' (in team event, use name of country/team) '···' (score)

2. 8   'Second game won by······' (in team event, use name of country/team) ' '···' (score)

2. 9   'Are you setting?'

2. 9. 1   'Game not set; playing to 15(11)points'

2. 9. 2   'Setting to 17(13) points'

2. 10   'Court···(number) 20 seconds'

2. 11   'One game all'

2. 12   'Court···(number) a five minute interval'

2. 13   'Court···(number)two minutes'

2. 14   'Court···(number)one minute'

3. General communication

3. 1   'Are you ready?'

3. 2   'Come here'

3. 3   'Is the shuttle OK?'

3. 4   Test the shuttle

3. 32   Second server

3. 33   Wipe the court

4. End of Match

4. 1   Match won by······(name of player/team) '···' (scores)

4. 2   '···' (name of player/team) 'retired'

4. 3   '···' (name of player/team) 'disqualified'

5. Scoring

0 – Love	6 – Six	12 – Twelve
1 – One	7 – Seven	13 – Thirteen
2 – Two	8 – Eight	14 – Fourteen
3 – Three	9 – Nine	15 – Fifteen
4 – Four	10 – Ten	16 – Sixteen
5 – Five	11 – Eleven	17 – Seventeen

图书在版编目(CIP)数据

羽毛球竞赛裁判手册/郁鸿骏,戴金彪著. – 北京:人民体育出版社,2000
ISBN 7 – 5009 – 1933 – 6

Ⅰ. 羽…　Ⅱ. ①郁…　②戴…　Ⅲ. 羽毛球运动 – 裁判法手册　Ⅳ. G847.4

中国版本图书馆 CIP 数据核字(1999)第 57693 号

羽毛球竞赛裁判手册(体育运动竞赛丛书)

作者: 郁鸿骏、戴金彪
出版发行: 人民体育出版社
社址: 北京市崇文区体育馆路8号(天坛公园东门)
电话: (010)67143708(发行处)
传真: (010)67116129
电挂: 9474
邮编: 100061
经销: 新华书店
印刷: 中国铁道出版社印刷厂
开本: 850×1168　1/32
字数: 170千字
印张: 6.375
印数: 13,201—16,230 册
版次: 2000年5月第1版　2004年7月第4次印刷
ISBN 7-5009-1933-6/G·1832
定价: 10.00 元

购买本社图书,如遇有缺损页可与发行处联系